Rüdiger Natho

Zeichen aus dem Jenseits

Rüdiger Natho

Zeichen aus dem Jenseits

Fantasyroman

Bibliografische Information der Deutschen Nationalbibliothek: Die Deutsche Nationalbibliothek
verzeichnet diese Publikation in der Deutschen
Nationalbibliografie; detaillierte bibliografische
Daten sind im Internet über dnb.dnb.de abrufbar.

Herstellung und Verlag
BoD – Books on Demand, Norderstedt

ISBN: 9783749452767

Vorwort

Hallo!!!! Hier ist Steven Menser. Ich möchte Ihnen eine kleine Geschichte erzählen. Wenn Sie jetzt dieses Buch in den Händen halten, so sind Sie höchstwahrscheinlich ein sehr interessierter Leser und lassen sich von vielem inspirieren. Sie haben eine gute Wahl getroffen, weil Sie diese Geschichte nicht wieder loslassen wird. Es ist immer eine große Herausforderung, sich der Realität zu stellen und herauszufinden, wie schnell man hinters Licht geführt wird, zwischen Lüge und Wahrheit. Lassen Sie Ihren Gedanken freien Lauf und lassen Sie sich in eine andere Dimension entführen und dort fesseln.

Was geschieht wirklich, wenn ein Mensch stirbt? Warum müssen wir überhaupt sterben? Können wir wissen, ob es ein Leben nach dem Tode gibt? Wo können wir klare, glaubwürdige Antworten auf unsere Fragen finden? Warum gibt es so viel Unsicherheit und Verwirrung?

Es wird Ihnen bestimmt auffallen, dass es auch unterschiedliche Menschen gibt, die sich in mancher Verkörperung widerspiegeln.

Liebe, Hass und Not bestimmen das alltägliche Leben, mit dem wir jeden Tag zu kämpfen haben. Im Alltag geschehen viele merkwürdige Dinge, die wir gar nicht richtig wahrnehmen, und doch geschehen sie. Meine Geschichte beginnt in dem kleinen Örtchen Small Town City, wo ich das Folgende erlebt habe …

Es begann an einem schwülen, sonnigen Septembertag in dem kleinen Örtchen Small Town City. Der Duft von frischem Morgenkaffee lag in der Luft und ich hatte mich auf meinen Urlaub vorbereitet, der an diesem Tag begann. Alles schien so friedlich an diesem Tag. Menschen, die auf der Straße liefen, gingen ihrer Arbeit nach. Ich beobachtete aus meinem Wohnzimmerfenster eine ältere Frau, die mühsam schwere Gemüsekisten, die vor ihrem Laden standen, auf einen Lastwagen laden wollte. Einige Leute, die an ihr vorbeigingen, schauten weg und beachteten die alte Frau gar nicht. Ich stellte meine Kaffeetasse wieder zurück und zog mich an. Als ich wieder aus dem Fenster sah, war die alte Frau nicht mehr da und die Kisten standen immer noch vor ihrem Laden. Wenig später hörte ich das Heulen einer Sirene und sah, wie ein Krankenwagen kam und vor ihrem Laden hielt. Ich schnürte mir die Schuhe zu, nahm meine Jacke und lief zu ihrem Geschäft. In dieser Zeit versammelte sich eine große Menschenmenge vor ihrem Laden. Ich hatte mir es fast gedacht, dass es sich um die alte Frau handelte. Als sie die Frau aus ihrem Laden herausführten, sah sie mich mit großen Augen an, als wollte sie sagen: »Kümmern Sie sich bitte um meinen Laden.« Ihre Blicke machten mir Angst und meine innere Stimme appellierte an mich, dass ich doch ein guter Mensch sei und der alten Frau helfen solle.

Als der Krankenwagen wegfuhr, ging ich in den Laden rein, um die Schlüssel vom Lastwagen zu holen und die Gemüsekisten aufzuladen, die noch vor ihrem Laden standen. Als ich fertig war, stellte ich den Lastwagen im Innenhof ab, schloss den Laden zu und ging über die Straße zu meiner Wohnung. Der Kaffee, den ich mir vorher eingeschüttet hatte, war längst kalt geworden. Als ich wieder aus dem Fenster sah und zum Laden blickte, hatte ich immer noch die Bilder vor meinen Augen, wie schwer sich die alte Frau getan hatte, die Gemüsekisten auf ihren Lastwagen aufzuladen. In Gedanken machte ich mir Vorwürfe. Wenn ich ihr viel eher geholfen hätte, ginge es der Frau jetzt vielleicht noch gut.

Ich stand immer noch tief in Gedanken versunken am Fenster, als plötzlich das Telefon klingelte. Erschrocken und mit Entsetzen starrte ich das Telefon an und nahm den Telefonhörer ab. Am anderen Ende der Leitung meldete sich ein Herr Dr. Mörz – genau hatte ich den Namen nicht verstanden – aus der Klinik. Er teilte mir mit, dass die Frau leider gestorben sei und er es mir ausrichten sollte. Eine Gänsehaut überlief mich und mich schauderte, als ich die Nachricht erhielt. Ich fragte

Dr. Mörz, woher er meine Adresse und Telefonnummer bekommen hatte. Er sagte mir, die alte Frau, die in ihrem Laden zusammengebrochen war, habe sie ihm mitgeteilt. Ich entgegnete, dass ich die Frau gar nicht gekannt hatte und dass es nicht möglich war, dass sie meine Telefonnummer oder meinen Namen wusste. Dr. Mörz sagte darauf nichts mehr und legte auf.

Irgendwie war das schon eigenartig. Ich kraulte mich am Kopf und dachte mir, dass es ein Traum sein müsse, und der Schweiß stand mir im Gesicht.

Es war mittlerweile Mittag geworden, als ich zur Uhr schaute und mich mit meinen Urlaubsvorbereitungen beschäftigte. Die Mittagssonne brannte vom wolkenlosen Himmel und eine kleine Brise wehte mir ins Gesicht. Ich beschloss mir etwas zu essen zu machen, ging in die Küche und schaute in den Kühlschrank. Verdutzt sah ich, dass ich vergessen hatte, etwas einzukaufen. So ging ich schnell in den Laden, der auf der anderen Seite der Straße lag, um dort die notwendigen Dinge einzukaufen. Als ich mit meinem Einkauf fertig war, ging ich an dem Laden vorbei, der der alten Frau gehört hatte. Meine Neugier war so groß und außerdem hatte ich den Schlüssel, der sich noch in meiner Hosentasche befand. Ich holte ihn heraus, steckte ihn ins Schloss und betrat den Laden.

Der Duft von Rosen durchzog den Raum und alles war ordentlich aufgeräumt und sauber. Es hingen einige Bilder an der Wand, offenbar aus der Zeit, als sie noch ein kleines Mädchen war. Wer war sie? Woher kam sie? Das waren Fragen, auf die ich mir keine Antworten geben konnte. Als ich mich weiter umschaute, erblickte ich eine Schatulle, die verschlossen war. Sie stand oben auf einem Regal. Man konnte sie kaum erkennen, weil sie voller Staub war. Ich holte mir einen Stuhl aus einem anderen Raum und stellte ihn vor das Regal. Ich reichte gerade so an die Schatulle heran, wenn ich mich auf Zehenspitzen auf den Stuhl stellte. Ich fragte mich, warum die alte Frau die Schatulle so hoch ins Regal gestellt hatte, so dass niemand sie erreichen konnte.

Was machte diese Frau so geheimnisvoll!? Als ich die Schatulle öffnete, kam es mir in diesem Moment so vor, als ob die Zeit stehen blieb. Es lagen ein Tagebuch darin und ein Schlüssel, was mich zu der Überlegung brachte, dass die Frau mich doch kennen musste. Ich nahm das Tagebuch und den Schlüssel aus der Schatulle heraus, holte mir den Stuhl, setzte mich an den Tisch und schlug die erste Seite des Tagebuchs auf. Als ich anfing zu lesen, fühlte ich eine eisige Kälte um mich herum aufsteigen, was mir Angst machte, so als ob sich hier im Raum eine andere Person befinden würde. Einige Seiten erzählten von einem Jungen, der im Leben viel durchgemacht hatte, und sie waren mit Bildern versehen. Diese Bilder waren sehr alt und staubig und teilweise eingerissen. Jede Seite, die ich im Tagebuch aufschlug, zog mich immer tiefer in das Geschehen hinein. Ich schaute aus dem Fenster. Die Sonne war weg, der Himmel bezog sich. Ich klappte das Tagebuch zu und nahm es an mich, wie auch den Schlüssel, ging hinaus und schloss den Laden ab. Zur gleichen Zeit fing es an zu regnen, ja, es goss wie aus Eimern und ich nahm meine Jacke, stülpte sie mir über meinen Kopf und rannte auf die andere Straßenseite und lief nach Hause.

Als ich meine Wohnung betrat, war ich durchnässt bis auf die Knochen und ging ins Bad, zog die nassen Klamotten aus und hängte sie zum Trocknen auf die Leine. Mittlerweile war draußen der Himmel so dunkel geworden, dass man das Licht anmachen musste. Um meine Nerven zu beruhigen, ging ich in die Küche und bereitete mir eine Tasse Tee zu. Während das Wasser kochte, schaute ich aus dem rechten Augenwinkel zum Tisch, dorthin, wo das Tagebuch und der Schlüssel lagen.

Eine Frage stellte ich mir immer wieder: Welche Bedeutung hatte der Schlüssel? Ich ging mit meiner

Tasse Tee zum Tisch und bemerkte, dass das Tagebuch aufgeschlagen war, und zwar auf der Seite, die ich zuletzt gelesen hatte – wie von Geisterhand. Und wieder bemerkte ich die Kühle und die um Berührtheit hier im Raum. Die Fenster waren verschlossen, kein Windzug konnte die Ursache gewesen sein, aber was sonst? Meine Gedanken gingen mit mir durch, oder hatte ich mir das alles eingebildet? Während ich in dem Tagebuch las, sah es so aus, als ob auf der gegenüberliegenden Straßenseite im Laden ein helles Licht leuchten würde. Ich rieb mir die Augen und als ich das zweite Mal hinsah, war es erloschen. Hatte ich mir das alles eingebildet oder war die alte Frau doch dort gewesen? Alles das und mehr brachte mich ins Grübeln. Ich trank meinen Tee aus, die Buchstaben konnte ich kaum noch lesen, meine Augen waren müde geworden, mein Kopf sank auf das Tagebuch und ich schlief ein.

Am nächsten Morgen wachte ich mit verschlafenem Blick auf, schaute aus dem Fenster und sah, dass die Sonne mit herrlichem Glanz schien und die Leute guter Dinge waren. Ich blickte zur anderen Straßenseite, dorthin, wo die alte Frau ihren Laden hatte. Es war, als wäre nichts passiert – alles so wie immer. Was war los mit mir? Ich raufte mir die Haare. War das alles nur ein Traum gewesen?

Um sicherzugehen, rief ich im Krankenhaus an, um mich zu erkundigen, wie es der alten Frau ging. »Hallo, hier ist Steve Menser. Spreche ich mit Dr. Mörz?« »Ja, hallo. Wen möchten Sie denn sprechen? Dr. Mörz? Nein, das tut uns leid, hier arbeitet kein Dr. Mörz. Um was geht es denn, wenn ich fragen darf?« Ich erzählte der Schwester die Geschichte und ich war ein wenig verdutzt. Mit »Vielen Dank und auf Wiederhören« legte ich schließlich auf.

Ich zog mich an, nahm den Schlüssel und lief zum Laden. Als ich dort ankam, arbeitete dort eine Frau. Ich sagte zu ihr: »Hallo! Wer sind Sie denn? Haben Sie gestern auch hier gearbeitet? Sie antwortete: »Ja, schon länger. Wieso?« Ich fragte sie, ob sie die ältere Frau kenne. Sie meinte: »Welche ältere Frau? Hier war nie eine Frau. Ich bin seit einigen Jahren hier.« Ich war sprachlos und stumm, drehte mich um und ging wieder zurück in meine Wohnung. Das alles erschien mir sehr merkwürdig. Es konnte kein Traum sein, weil ich das Tagebuch und den Schlüssel hatte, also war es keine Einbildung.

Um mich etwas abzulenken, rief ich meinen Freund Tommy an, packte meine Sachen und wir fuhren in die Berge, um dort Urlaub zu machen. Unterwegs merkte mein Freund schnell, dass mit mir etwas nicht stimmte, aber er sprach mich nicht an und murmelte nur vor sich hin.

Er holte die Straßenkarte hervor, um zu schauen, wo wir waren und wie weit wir noch fahren mussten. Ich sagte ihm, dass wir falsch waren und uns verfahren hatten. Er meinte dagegen, dies sei der richtige Weg und zeigte ihn mir auf der Karte. Daraufhin hielt ich an und schaute sie mir selber an. Plötzlich hörten wir im Radio eine Warnmeldung, dass die Straße, die wir ursprünglich hatten fahren wollen, wegen herabfallender Felsblöcke gesperrt worden war und es einige Tote gegeben hatte. Wir schauten uns an und dachten: ‚Welch ein Glück, dass wir diese Route nicht gefahren sind!' – ‚War es einfach nur Zufall oder großes Glück?', ging es mir durch den Kopf.

Als wir uns einig geworden waren, fuhren wir weiter. Am späten Abend kamen wir an der Hütte an, es war keine Menschenseele weit und breit zu sehen. Mein Freund Tommy lud das Gepäck aus dem Auto und verstaute es im Haus. Die Hütte lag nur einige Meter vom See entfernt und man konnte die Aussicht genießen. Ich sagte zu ihm, dass ich Holz für den Kamin suchen wolle. Er nickte stumm und ging zur Hütte. Ich wollte mich beeilen, weil sich am Himmel ein Gewitter zusammenbraute. Während ich immer tiefer in den Wald ging, hörte ich eine Stimme. Ich schaute mich um, sah aber niemanden und die Stimme sagte zu mir, ich solle schnell zur Hütte laufen, mein Freund sei in Gefahr. Ich bekam eine Gänsehaut und wie von Geisterhand geleitet lief ich zurück zur Hütte. Als ich dort ankam, war niemand da und ich rief: »Tommy, wo bist du!!!?« Aber er konnte mich nicht hören. So lief ich zum See und da sah ich, wie er auf einem alten Fischerboot auf dem See angelte. Ich lief an das Ende des Stegs und sprang ins Wasser.

Als ich am Boot ankam, riss ich ihn vom Boot und er landete im Wasser. In diesem Augenblick zuckte ein Blitz aus den Wolken und traf mitten in das Boot. Mit letzter Kraft kamen wir am Ufer an und sahen, wie das Boot auseinanderbrach und in Flammen aufging. Er fragte, noch außer Atem: »Woher wusstest du, dass der Blitz einschlagen würde?« »Tommy, das ist eine lange Geschichte. Ich werde sie dir erzählen, aber du wirst mir nicht glauben«, baute ich vor. Dann erzählte ich ihm von dem Tagebuch und einem Schlüssel, die ich gefunden hatte. Tommy meinte, dass ich verrückt sei und mir das alles einbilden würde. Anschließend waren wir eine Woche in den Bergen und jeden Tag passierte etwas und immer wieder kamen wir nicht zu Schaden, gerade so, als ob uns jemand beschützte. Am letzten Tag vor der Abreise wollten wir einen

Abstecher über die Mount British machen, ein für Touristen lohnenswerter Ort für Besichtigungen. Ich sagte zu ihm, dass ich genug hätte von der Wildnis und gerne nach Hause möchte. Mit knausigem Gesicht meinte er: »Wie du meinst, lass uns fahren.« Wir waren schon einige hundert Kilometer entfernt und bald zu Hause, da hörten wir aus dem Radio, dass es einen Unfall auf dem Mount British gegeben hatte, bei dem alle zu Tode gekommen waren. Tommy senkte den Blick und dachte sich: ‚Das kann doch kein Zufall sein, oder?‘

Als wir zu Hause waren, kam mir alles verändert vor. Die Abendsonne ging so langsam unter und es herrschte eine Stille im Ort wie nie zu vor. Die Fabrikschornsteine bliesen ihren Dampf hoch hinaus in den Abendhimmel und es roch nach verbranntem Holz. Kinder, die auf der gegenüberliegenden Straßenseite auf dem Rasen spielten, rauften miteinander. Ich stellte das Radio aus und hielt an dem Laden an, in dem die alte Frau gewohnt hatte. Die Tür war verschlossen. Man hatte das Schloss ausgewechselt, so konnte ich mit meinem Schlüssel nichts mehr anfangen. Ich stieg aus und ging hinter das Haus, um zu sehen, ob der Lastwagen noch dort stand. Alles war weg, sogar die Gemüsekisten, die im Innenhof gestanden hatten. Das Haus war leergeräumt, an der Tür stand ein Schild

»Laden zu verkaufen«. Ich fragte mich: ‚Was ist in der Zwischenzeit geschehen? Die Frau, die zur mir gesagt hatte, dass sie hier schon einige Jahre gearbeitet hatte. Wo war sie hin????' Ich stieg ins Auto und fuhr nach Hause, weil ich von der Reise erschöpft war. Meine Sachen waren schwer, aber zum Glück wohnte ich nur im ersten Stock.

Es ist Abend geworden und es ist still geworden auf den Straßen, nur ein paar Grillen waren zu hören. Plötzlich nahm ich ein Geräusch wahr, aber ich konnte nicht deuten, wo es herkam. Ich drehte mich um, ging vom Fenster weg und sah, wie eine Seite des Tagebuchs aufgeschlagen war. Irritiert und neugierig näherte ich mich dem Tagebuch und fing an zu lesen. Wieder bekam ich eine Gänsehaut. Obwohl es ein warmer und schwüler Abend war, fühlte ich die eisige Kälte in mir. Es war so, als ob ich manche Situationen schon einmal erlebt hatte, so wie es im Tagebuch stand.

Ich bekomme Angst und schließe das Tagebuch, meine Hände zittern. Ich stehe auf, gehe zum Spiegel, schaue hinein und sehe, wie der Schweiß von meiner Stirn tropft. Dann sehe ich auf einmal, wie das Licht im Laden angeht und bemerke eine Gestalt, die sich in der Wohnung bewegt. Mit blassem Gesicht und wie in Trance gehe ich durch die Haustür hinunter auf die Straße, hinüber zum La-

17

den. Der Schlüssel, der beim Tagebuch gelegen hat, passt ins Schloss, die Tür lässt sich öffnen und ich gehe hinein. Niemand ist zu sehen. Haben mir meine Gedanken wieder einen Streich gespielt?

Kurz bevor ich den Laden wieder verlassen wollte, klapperte die Schatulle. Alles hatten sie ausgeräumt, aber diese Schatulle hatten sie nicht mitgenommen. Sie stand wie immer ganz oben auf dem Regal, gerade da, wo man nicht herankam. Sie klapperte so laut, dass sie an der Ecke hinunter auf den Boden fiel. Ich hob sie auf und öffnete sie ganz vorsichtig. Es lag ein Medaillon darin mit der Aufschrift »Dana Rina, geb. Julias im Jahre 1898«. Ich konnte mit den Daten im Moment nichts anfangen, aber eins war mir klar: Diese alte Frau musste etwas mit dem Medaillon zu tun haben.

Ich schloss die Tür wieder zu, lief über die Straße hinüber in die Bibliothek und versuchte das Geheimnis zu lösen, das sich dahinter verbarg. Bis in die Nacht saß ich dort, durchforstete mehrere Akten, Ausschnitte von Zeitungen, irgendetwas, was mich weiterbringen könnte, aber ich konnte nichts finden. Mit gedämpftem Blick und verschränkten Armen lehnte ich mich zurück und sah ein paar Tische weiter ein Mädchen, das in einem Buch las und sich durch nichts stören ließ. Ich schaute sie an und sie bemerkte meine Blicke und schaute zurück. Als ich gerade gehen wollte, stand sie auch auf und fragte mich, ob ich Lust hätte, noch einen Kaffee zu trinken. Ich sagte: »Ja, gerne«, und wir verließen die Bibliothek und gingen hinüber in ein Nachtcafé.

Sie fragte mich, was ich so spät noch machen und was ich studieren würde. Lachend erwiderte ich: »Ich studiere nicht, ich suchte nur etwas, was mich schon seit Tagen beschäftigt. Und was ist mit dir, studierst du?« »Ja, Seelenreisen.« Das war genau das, was ich mir gedacht hatte.

Wir unterhielten uns noch bis in die Morgenstunden. Man sah so langsam, wie es hell wurde am Himmel und die ersten Sonnenstrahlen hervorkamen. Ich war zu müde, um irgendetwas zu unternehmen und beschloss nach Hause zu gehen.

Am nächsten Tag klingelte es an meiner Tür. Ich schaute durch den Spion und sah das Mädchen, das ich am Vorabend in der Bibliothek kennengelernt hatte.

Ich öffnete die Tür und sagte zu ihr: »Hallo, komm doch herein!« Sie meinte nur: »Ich hoffe, dass ich Sie nicht störe.« »Nein, tun Sie nicht«, erwiderte ich. Sie trat ein, zog ihren Mantel aus und setzte sich an den Tisch, genau dort, wo auch das Tagebuch und der Schlüssel lagen. Ich fragte sie, ob sie etwas trinken mochte. Sie meinte, ein Kaffee wäre schön. Ich ging in die Küche, bereitete den Kaffee vor und beobachtete nebenbei, wie sie erstaunt und neugierig auf das Tagebuch starrte. Ich tat so, als ob ich sie nicht beachtete, blickte aus dem Fenster und sagte zu ihr: »Was für ein schöner Tag heute, hätten Sie heute Lust, mit mir in den Park zu gehen?« Ich fragte sie das, um sie schnell abzulenken, damit sie nicht im Tagebuch lesen konnte und mich danach mit Fragen und Antworten bombardieren würde.

Sie nickte und sagte, dass sie an diesem Tag nichts mehr vorhabe.

Als sie ihren Kaffee ausgetrunken hatte, gingen wir in den Park und setzten uns auf eine Bank. Kinder spielten auf dem Rasen, da waren Mütter, die ihre Babys im Kinderwagen durch den Park führten, es war eine Idylle voller Zufriedenheit und Erholung. Auf einmal sagte sie: »Ich heiße Kathrin Tyler. Alle sagen aber Cathy zu mir und du?« Ich wusste in diesem Moment nicht, was ich sagen sollte. Verdutzt nannte ich ihr meinen Vornamen: »Ich bin der Steven Menser! Du kannst ruhig Steve sagen.« Somit war das auch geklärt und wir unterhielten uns über Dinge, die wir im Alltag so erlebten. Ich war froh, dass ich sie kennenlernen durfte. Sie war genauso alleine wie ich und irgendwie hatten wir vieles gemeinsam. Sie gab mir einen Zettel mit ihrer Adresse und Telefonnummer und meinte: »Vielen Dank für die Einladung, aber ich muss jetzt los, wenn was ist, kannst du mich jeder Zeit anrufen.« Ich nickte zustimmend und versicherte: »Das werde ich machen.« Sie drehte sich um, ging zur Straße und hielt ein Taxi an, in das sie einstieg und darin wegfuhr.

Ich sah ihr nach, winkte und war ein wenig traurig, dass sie gegangen war. In der Zwischenzeit war es sehr warm geworden, das Thermometer stieg bis auf 30° C an und die Hitze wurde unerträglich. Um keinen Sonnenstich zu bekommen, ging ich nach Hause und nahm ein Bad, um mich etwas abzukühlen. Als ich fertig war, setzte ich mich an den Tisch und las weiter in dem Tagebuch. Auf einmal klingelte das Telefon. Ich schaute auf die Uhr und fragte mich, wer das um diese Uhrzeit sein könnte. Ich stand auf, ging zum Telefon, nahm den Hörer ab und sagte: »Hallo, wer ist denn dort?« Ich bekam keine Antwort, bis nach einer kurzen Pause am anderen Ende doch eine Stimme erklang: »Ja, hallo, hier ist das Hilton-Krankenhaus. Spreche ich mit Steven Menser?« Ich bestätigte: »Ja, um was geht es denn?« »Kennen Sie eine Kathrin Tyler?«, fragte die Krankenschwester. Erschrocken hörte ich, dass sie einen Autounfall gehabt hatte und auf der Intensivstation lag. Weitere Details wollte ich mir ersparen, ich bedankte mich für den Anruf und legte auf.

Aufgeregt und kopflos ging ich im Zimmer umher, bis ich mir die Autoschlüssel schnappte und schnell in das Krankenhaus fuhr, das ungefähr vierzig Minuten von meiner Wohnung entfernt lag. Während der Fahrt machte ich mir Gedanken und überlegte mir, wie es dazu hatte kommen können, aber mein erster Gedanke war, dass sie lebte und es ihr gut ging. Ich machte noch gerade einen Autostopp und hielt an einem Blumengeschäft an, um Blumen zu kaufen, frische Veilchen.

Als ich in der Klinik ankam, meldete ich mich mit meinem Namen an und die Schwester brachte mich in das Zimmer, in dem Cathy lag. Bei ihrem Anblick erstarrte ich. Sie war überall in Verbandstücher eingehüllt, von ihrem Gesicht sah ich nicht viel. Die Schwester ließ mich allein und ging aus dem Zimmer. Ich holte mir einen Stuhl und setzte mich neben Cathys Bett.

Irgendwie spürte sie meine Hand und versuchte mir etwas zu sagen, was ich schwer deuten konnte. Sie meinte, dass sie eine Stimme gehört hätte, dass sie keine Angst haben müsste. Tränen kullerten aus ihren Augen, weil sie froh war, mich zu sehen. Ich fragte sie, was passiert sei und ob sie sich an etwas erinnern könne. Aber sie war zu schwach, um viele

Worte mit mir zu wechseln. Dann schlief sie wieder ein und hielt meine Hand fest. Ich blieb noch einige Zeit bei ihr und fuhr erst gegen Abend wieder nach Hause.

Die Sonne brannte nicht mehr so stark, Wolken hatten sich vor sie geschoben und es fing langsam an zu dämmern, als ich mit meinem Auto vor meiner Wohnung stand. In dem Moment kam Tommy um die Ecke und wollte mich besuchen. Er fragte mich, wo ich gerade her komme. »Ich bin gerade aus dem Krankenhaus gekommen«, sagte ich, »Tommy, lass uns in meine Wohnung gehen, dann erzähl ich dir alles.« Er sagte: »O. k.«, und ohne weitere Worte gingen wir in meine Wohnung.

»Was ist mit dir los, Steve«, fragte er mich. Meine Hände fingen wieder an zu zittern und ich wurde kreidebleich im Gesicht. Ich setzte mich, holte tief Luft und versuchte mich zu entspannen. Wir saßen bis zum späten Abend zusammen und ich erzählte ihm von den Dingen, die unwahrscheinlich und rätselhaft schienen. Wenig später sagte er zu mir, dass er noch etwas zu erledigen habe und dringend wegmüsse. Er meinte noch: »Wir sehen uns morgen – und schlaf dich mal richtig aus!« Damit hatte er recht, denn ich war müde und erschöpft von dem langen Tag. Er ging zur Tür und zog sie hinter sich zu. Nachdem Tommy weggefahren war, las ich noch einige Seiten im Tagebuch und dann schlief dann ein und wachte erst am nächsten Morgen wieder auf.

Als es Morgen wurde, spürte ich die Sonnenstrahlen, die durch das Fenster drangen, auf meiner Haut. Als ich die Vögel hörte, die auf der Fensterbank fröhlich trillerten und mich geweckt hatten, dachte ich mir, dass es ein wunderschöner Tag werden würde, ohne irgendwelche Zwischenfälle. Ich schloss das Tagebuch, schob es zur Seite und machte mich erst einmal frisch und ging ins Bad. Ich stellte das Radio an und der Morgenkaffee roch herrlich nach gerösteten Bohnen. Ich fühlte mich wie neu geboren, frisch und ausgeruht. Wie ich so nebenbei frühstückte und meinen Kaffee trank, ging mir ein Gedankenblitz durch den Kopf und ich rief im Krankenhaus an.

Ich wollte mich erkundigen, wie es Cathy geht. Man sagte mir, dass es ihr besser gehe und sie nicht mehr auf der Intensivstation liege. Da war ich beruhigt, schluchzte erleichtert und legte den Hörer wieder auf. Ich trank meinen Kaffee aus, stellte die Tasse auf den Tisch und ging hinunter zum Briefkasten, um zu schauen, ob die Post schon da war. Es war wie immer viel Werbung dabei, aber als ich weiter sortierte, erblickte ich dazwischen einen Brief ohne Absender. Es kam mir sehr seltsam vor, dass er an mich adressiert war. Ich nahm alles aus dem Briefkasten heraus, klappte ihn zu und ging wieder nach oben in meine Wohnung. Als ich den Brief in der Hand hielt, wurde ich neugierig und öffnete ihn. Ich raufte mir die Haare und war ziemlich verdutzt. Der Inhalt verriet außer ein paar Sätzen, die etwas merkwürdig klangen, nicht sehr viel.

Es handelte sich um ein Schreiben einer Kirche, die südlich von Cherville lag. Dort warte ein Priester namens Carlos Pudre auf mich. Ich steckte den Brief ein, holte die Karte hervor und schaute nach, wo sich dieser Ort befand. Er lag auf dem Weg Richtung Hilton-Krankenhaus, dort, wo Cathy Tyler eingeliefert worden war. Ich überlegte nicht lange, schnappte mir die Autoschlüssel, zog meine Jacke an und ging aus der Tür. Als ich mir einfiel, dass ich das Tagebuch und den Schlüssel mitnehmen wollte, hatte ich die Tür schon ins Schloss geworfen.

Ich schloss wieder auf und holte das Tagebuch und das Medaillon sowie den Schlüssel und verließ meine Wohnung. Im Treppenhaus roch es nach frischem Bohnerwachs. Ich sah, wie eine Putzfrau saubermachte und stumm blieb und mir keinen einzigen Blick zuwarf. Ich stieg ins Auto und wollte gerade losfahren, als Tommy von der anderen Straßenseite herüberkam. Er fragte mich, wo ich hinwolle. Ich sagte ihm, dass ich ins Hilton-Krankenhaus fahren wolle und anschließend weiter nach Cherville. Er fragte, ob er mitfahren dürfe und ich sagte zu ihm: »Ja, Tommy, steig ruhig ein.« Er meinte, dass er mit mir reden müsse, es gehe um das Tagebuch, das er bei mir gesehen habe. Während der Fahrt unterhielten wir uns, bis wir dann endlich am Krankenhaus ankamen.

Ich sagte: »Tommy, komm mit rein. Ich stelle dich Cathy vor«, aber er meinte: »Nein, geh du man, ich bleibe so lange im Auto und studiere solange das Tagebuch, wenn du nichts dagegen hast.« Ich nickte und sagte: »O. k., es dauert nicht lange.« Als ich das Zimmer betrat, flog mir ein Lächeln entgegen. Sie freute sich so sehr, als sie mich sah. Sie meinte, dass sie heute entlassen werde und nach Hause gehen könne. Ich war überrascht und sagte: »Schön, dann nehme ich dich gleich mit.« In diesem Moment trat der Chefarzt ins Zimmer. Er hatte die Entlassungspapiere in der Hand und sagte: »Frau Tyler, die Ergebnisse waren alle erfreulich positiv. Alles ist gut verheilt. Ich wünsche Ihnen und Ihrem Freund einen schönen Tag.« Er legte die Papiere auf den Tisch, drehte sich um und verschwand durch die Tür. Wir beide schauten uns an und fingen an zu lachen. »Anscheinend dachte der Arzt, dass wir zusammengehören«, meinte ich zu ihr. Darauf entgegnete sie: »Wieso auch nicht? Tun wir es denn nicht?« Mit einem tiefen Blick in meine Augen flüsterte sie: »Steve, ich liebe dich!«, und gab mir einen sehr langen, zarten Kuss auf den Mund. In diesem Moment wusste ich nicht, was mit mir geschah. Es war so schön und ich sagte zu ihr: »Ich liebe dich auch und das mit ganzem Herzen!«, und erwiderte den Kuss ohne ein weiteres Wort.

In der Zwischenzeit wartete Tommy im Auto, das in der prallen Mittagssonne stand. Es gab keinen Baum, der Schatten spendete. Es war so warm geworden, dass sich die Luft, die sich erwärmt hatte, am Himmel zu einem Gewitter zusammenbraute. Er schaute aus dem Autofenster und sah, wie wir aus dem Krankenhaus herauskamen. Man roch die schwüle Gewitterluft und es dauerte nicht lange, bis es anfing zu blitzen und zu regnen. Wir beeilten uns und ich zog meine Jacke aus und hielt sie Cathy über den Kopf, so dass sie nicht nass werden konnte. Tommy öffnete die Autotüren und wir stiegen ein. Als er Cathy sah, blieben seine Blicke an ihr haften, er schluckte und war sprachlos. So eine schöne Frau hatte er noch nie gesehen und das war nun meine! »Hallo, ich bin der Tommy, der Freund von Steve. Freue mich, dich kennenzulernen«, sprudelte es aus ihm heraus. Darauf meinte sie: »Hallo, ich bin Cathy Tyler. Schön, dich kennenzulernen. Steve hat mir schon viel von dir erzählt.« »Na, ich hoffe nur Gutes«, grinste Tommy und drehte sich wieder im Autositz um und nickte Steve mit einem Augenzwinkern zu. Nach kurzer Zeit fragte Tommy, wo wir jetzt hinführen. Ich sagte, es gehe nach Cherville zu einer Kirche, die dort liegen solle und mich dort ein Priester Carlos Pudre sehen und sprechen möchte. Tommy murmelte vor sich hin und meinte: »Ich kenne keinen Carlos Pudre.« Plötzlich mischte sich Cathy ein: »Ich kenne einen Priester dieses Namens. Er besuchte oft die Bibi und ich war häufig in seinen Vorlesungen.« Tommy fragte: »Hat es was mit dem Tagebuch und dem Medaillon zu tun?«, worauf ich zögernd antwortete.

Es dauerte noch einige Zeit, bis wir ankamen, denn ich konnte nicht sehr schnell fahren, weil der Regen so heftig war und meine Scheibenwischer schon auf Stufe 2 standen. Der Himmel war so dunkel geworden, als ob die Welt untergehen würde.

Schilder und Straßen waren kaum zu erkennen und die Sicht wurde immer schlechter. Man musste sich konzentrieren, dass man nicht von der Straße abkam. Ich fuhr langsamer und ein Auto überholte mich. Wie ein Wahnsinniger raste er an uns vorbei, drängte mich fast in den Graben. Ich reagierte schnell, lenkte gegen und hielt an. In diesem Augenblick zuckte ein Blitz aus den Wolken und schlug rechts in den Baum ein, genau dort, wo das Auto uns überholt hatte, mitten drauf.

Wir sahen nur von Weitem, wie der Baum umstürzte und das Auto traf. Tommy rief: »Was haben wir für ein Glück gehabt! Stell dir vor, Steve, das Auto hätte uns nicht überholt, dann wären wir dort gewesen!« Sprachlos schaute ich ihn an und meinte: »So viel Glück kann man nicht haben, ich glaube, da stimmt was nicht.« Tommy schlug das Tagebuch auf und suchte etwas Bestimmtes. Er war fündig geworden und zeigte mir eine Stelle im Buch, was schon mal passiert war. Ich traute meinen Augen nicht, war in diesem Moment verwirrt, ließ den Wagen an und wir fuhren weiter. In der Zwischenzeit las Tommy weiter aus dem Tagebuch vor und ich verstand so langsam die Zusammenhänge. Der Regen wurde weniger und man konnte das Ortsschild Cherville sehen. Es war nun nicht mehr weit bis zur Kirche und wir waren alle angespannt und etwas nervös. Als wir ankamen, waren die Straßen menschenleer und man sah am Himmel, wie das Unwetter weiterzog. Es hatte grauenhafte Verwüstungen hinterlassen. Straßen, die überschwemmt waren und Häuser, die teilweise abgedeckt und zerstört waren.

Ein Bild wie in einem Horrorroman. Wir stiegen aus dem Auto aus und schauten uns um, suchten den Eingang der Kirche. Tommy rief: »Ich hab die Tür gefunden!« Das Gebäude war sehr alt und man sah alte Schriften aus der frühen Christenzeit. Der Innenraum der Kirche war kalt und feucht. Kerzen, die auf dem Altar standen, waren erloschen und halb abgebrannt. Ich holte ein Feuerzeug aus meiner Hosentasche und zündete die Kerzen an. Als wir so umherliefen, stand Carlos Pudre plötzlich vor dem Altar. Wir schauten ihn an, als wäre er ein Geist. Er sah alt aus und seine Hände zitterten. Ich fragte: »Sind Sie Priester Carlos Pudre und haben Sie mir diesen Brief geschrieben?« »Ja, das hab ich«, gab er zurück. Er meinte, dass es wichtig sei und er mir einiges zu sagen hätte. Es würde sich um eine alte Frau handeln, die kürzlich gestorben sei.

Ich zeigte Priester Carlos Pudre das Tagebuch und das Medaillon, das ich im Laden in der Schatulle gefunden hatte, und erzählte ihm auch von dem Schlüssel, der dabei gelegen hatte. Cathy und Tommy hörten gespannt mit und blieben stumm. Priester Carlos blätterte in dem Tagebuch und schmunzelte vor sich hin, las einige Seiten, klappte es wieder zu, stand auf, drehte sich um, fiel auf die

Knie und fing an zu beten. Was war geschehen? Wir schauten uns an und wussten nicht, was los war und wie wir uns verhalten sollten. Während Priester Carlos betete und uns gerade etwas sagen wollte, sackte er plötzlich in sich zusammen und rührte sich nicht mehr. Sein Gesicht war bleich und seine Glieder blieben steif. Ich fühlte seinen Puls und stellte fest, dass er keinen mehr hatte und tot war. Das schaurige Gefühl, was wir hatten, ließ uns ins Ungewisse treiben.

Wir benachrichtigten die Polizei und erzählten, was geschehen war. Wenig später kam der Leichenwagen und man transportierte den Priester Carlos Pudre ab und brachte ihn zu der Kapelle, die neben der Kirche war. Wir stiegen wieder ins Auto und fuhren nach Hause. Auf dem Heimweg sah man die Abendsonne am Horizont untergehen. Sie stand so tief, dass man geblendet war und kaum etwas sehen konnte.

Ich dachte daran, was der Priester uns wohl sagen wollte, was so von immenser Wichtigkeit war. Was wusste er oder wer war er? Alles das ging mir durch den Kopf. Tommy meinte: »Du kannst mich zu Hause absetzen, wir sehen uns dann morgen. Ich werde mich dann bei dir melden und Cathy, danke, dass ich dich kennenlernen durfte. Es hat mich sehr gefreut.« »Danke dir, Tommy, wir sehen uns morgen. Komm doch zum Frühstück vorbei. Steve hat nichts dagegen, oder?« »Nein, Cathy, ist in Ordnung, komm so gegen neun Uhr vorbei, Tommy.« »O. k. bis dann!« Er stieg aus und winkte uns zu, als wir weiterfuhren. Als wir zu Hause waren, parkte ich das Auto hinten im Hof und wir gingen in meine Wohnung hoch. Sie sagte: »Was für ein Tag! Ich werde erstmal unter die Dusche gehen.« »O. k.«, sagte ich, »derweil mache ich uns Abendbrot und eine Kanne Kaffee.«

Ich schaute auf die Uhr. Es war mittlerweile später Abend geworden und ich bereitete alles für das Schlafengehen vor. Als Cathy noch einmal ins Bad ging und wieder herauskam, traute ich meinen Augen nicht. Eine Schönheit, wie sie in einem Bilderbuch steht, so erotisch und verführerisch, wie sie dastand. Ein Hauch von Lavendelduft durchzog den Raum und ich spürte, dass etwas geschehen würde. Sie schloss die Tür ab, verdunkelte den Raum und ihre Augen zogen mich magisch an. Ohne Worte kam sie zu mir und wir fingen an, uns gegenseitig auszuziehen. Wir konnten unsere Lust konnte kaum zügeln und liebten uns bis zum Morgengrauen, als wir uns erschöpft in den Armen lagen und einschliefen.

Am frühen Morgen stand ich leise auf, zog mich an und wollte frische Brötchen holen. Ich rannte hinüber zur anderen Straßenseite, zum Bäckerladen, der gerade öffnete. Zum Glück war ich der Erste und sagte: »Ich hätte gerne sechs Brötchen, die Zeitung und diesen Blumenstrauß.« Die Bäckersfrau packte mir außer den Blumen alles in eine Tüte, die ich in der Hand hielt. Ich bezahlte und sagte: »Vielen Dank und einen wunderschönen Tag!« Als ich zurückkam, schlief Cathy noch. Ich deckte den Tisch und stellte die Kaffeemaschine an. Die Blumen stellte ich mitten auf den Tisch, es waren Rosen, die ich für sie gekauft hatte, ein Duft der Leidenschaft. Ich hatte in der letzten Nacht viel nachgedacht Diese Nacht war so schön, dass ich dachte, alles nur geträumt zu haben. Ich schaute auf die Uhr und lief zum Fenster, um zu sehen, ob Tommy schon auf dem Weg zu mir war, aber die Straßen waren noch leer und man hörte die Werkssirene, wie sie dröhnend zur Arbeit rief. Mit meinen Gedanken war ich immer noch im Urlaub und so sollte es auch sein, weil ich wusste, dass nebenan in meinem Schlafzimmer eine wunderschöne und bezaubernde Frau in meinem Bett lag. So ging ich wieder in die Küche und bereitete das Frühstück vor.

Etwas später, es war kurz nach acht Uhr, stand Cathy im Korridor und blickte mit halb gesenktem und verschlafenem Blick zu mir herüber. Ich strahlte sie an: »Guten Morgen, Cathy, hast du gut geschlafen?« »Ja, wie eine Königin und ich hab mich lange nicht mehr so gut gefühlt«, lächelte sie und schüttete sich den Kaffee in einen Becher. Dann setzte sie sich zu mir an den Tisch und sah die Rosen, die ich ihr auf ihren Platz gestellt hatte. Sie meinte: »Oh, die sind wunderschön! Woher wusstest du, dass ich Rosen mag?« Ich sagte zur ihr: »Erinnerst du dich noch? Im Krankenhaus, da hatte ich dir auch welche mitgebracht und du hattest dich gefreut, somit wusste ich, dass sie dir gefallen.« Sie nickte und gab mir einen langen und zärtlichen Kuss und wir schauten uns an. Während wir am Frühstücken waren, stellte Cathy fest, dass Tommy noch nicht da war und sich auch noch nicht gemeldet hatte.

Cathy stand auf, brachte den Becher zurück in die Küche, stellte das Radio an und ging ins Bad und wollte eine Dusche nehmen. Ich sagte: »Lass dir Zeit, ich schmökere noch etwas in der Zeitung.« Beim Blättern sah ich einen Artikel über Priester Carlos und was ihm passiert war. Immer noch lief mir ein Schauer über den Rücken, wenn ich an den Vortag dachte, als wir dort in Cherville waren.

Es hieß, dass Carlos an einem Herzinfarkt gestorben sei und ansonsten keine weiteren Krankheiten gehabt habe. Mir war klar geworden – und je länger ich darüber nachdachte – er wollte uns ein Geheimnis offenbaren, das von großer Bedeutung war. Ich nahm einen Schluck Kaffee, faltete die Zeitung zusammen und legte sie auf den Tisch. Als ich so dasaß und auf den Tisch starrte, merkte ich, wie sich das Tagebuch bewegte und sich eine Seite aufschlug, was ich mit ungläubigem Blick verfolgte. In diesem Moment klingelte das Telefon. Meine innere Stimme sagte mir, dass das nichts Gutes zu bedeuten hatte.

Als ich den Hörer abnahm, hörte ich eine Stimme, die mir nicht bekannt war. Ich fragte, wer da sei, aber am anderen Ende blieb das Telefon stumm und das Tagebuch hatte sich wie von Geisterhand geschlossen. Ich dachte mir nichts dabei und legte wieder auf. Cathy, die im Bad unter der Dusche stand, kam aus dem Bad und sie sah, dass ich verstört und durcheinander war, gerade so, als ob ich einen Geist gesehen hätte. So kam es mir auch vor, alles war so merkwürdig und ich sagte zur ihr: »Cathy, zieh dich an, wir müssen zu Tommy fahren. Da stimmt was nicht.« In der Zwischenzeit zog Cathy sich an und ich nahm das Tagebuch und die Schlüssel sowie das Medaillon an mich und wir fuhren zu Tommys Wohnung. Als wir ankamen, stand sein Auto vor der Tür und die Jalousie vor seinem Fenster war heruntergezogen. Wir standen vor seiner Tür, aber er öffnete sie nicht.

Immer wieder ging mir durch den Kopf, dass Tommy etwas zugestoßen sein könnte. So suchte ich irgendetwas, womit ich die Tür aufbrechen konnte, denn ich wusste, dass nicht mehr allzu viel Zeit blieb. Cathy sah, wie aufgeregt ich war, und wollte mir helfen. Sie meinte, dass sie im unteren Flur ein Brecheisen gesehen habe, lief hinunter und holte das Eisen, das in der Werkzeugkiste lag. Sie gab es mir in die Hand und versuchte mit aller Kraft, die Tür zu öffnen. Als es uns gelungen war, die Tür aufzubrechen, und wir in Tommys Wohnung standen, sahen wir, dass er gar nicht da war. Cathy und ich waren erleichtert und ich fragte mich, wo er wohl stecken könnte. Einigermaßen entmutigt verließen wir seine Wohnung und gingen zurück auf die Straße und sahen, wie Tommy gerade um die Ecke kam und ganz aufgeregt zu uns hinübersah. Ich fragte ihn: »Tommy, was ist los? Warum bist du so aufgeregt?« Tommy meinte: »Hallo Steve, ich habe euch gesucht, ich habe euch etwas Wichtiges zu erzählen.«

Wir gingen ins Café, das auf der gegenüberliegenden Straßenseite lag, setzten uns nach draußen und bestellten etwas zum Frühstücken. Inzwischen fing Tommy an, etwas zu erzählen, das ihm sehr wichtig erschien. Er unterbrach seinen Bericht und sagte: »Was macht ihr hier eigentlich?« Ich erwiderte: »Ich habe einen Anruf bekommen, aber es hat sich keiner gemeldet. Ich dachte, dass du das wärst, und habe mir Sorgen gemacht. Weil du nicht erschienen bist, dachte ich, dass dir was passiert ist. Hattest du unsere Verabredung vergessen?« Tommy entgegnete erstaunt: »Nein, aber ich bekam auch einen seltsamen Anruf und dachte genau das Gleiche wie du und so machte ich mich auf den Weg zu dir und als ich gemerkt habe, dass du dich nicht am Telefon gemeldet hast, bin ich gleich zu deiner Wohnung gegangen, um nachzuschauen, ob alles in Ordnung ist.« »Und wie aus Zufall treffen wir uns alle hier«, meinte Cathy, »das nennt man Telepathie.«

Als wir so noch einige Stunden im Café saßen, sahen wir, wie mehrere Kirmeswagen in die Stadt fuhren und im dortigen Park ihr Standquartier aufbauten. Es war schon Mittag geworden, die Sonne stand hoch am Himmel und kleinere Wolken zogen am Horizont vorbei und lieferten ein Schauspiel verschiedener Figuren. Kinder, die im Park spielten und die Kirmeswagen sahen, liefen fröhlich hin und freuten sich. Einige Kirmesleute sahen die Kinder und schenkten ihnen Freikarten für das Kinderkarussell.

Unterdessen standen wir auf und gingen auch in den Park, um zu schauen, was dort alles aufgebaut wurde. Tommy meinte: »Wollen wir nicht heute Abend zusammen zur Kirmes gehen?« Ich schaute Cathy an und sie meinte: »Ja, warum nicht, ich war schon lange nicht mehr auf einer Kirmes, so mit Losziehen und Dosenwerfen, ja, ich würde mich sehr freuen.« »Tommy, wir können uns ja hier treffen, sagen wir so gegen zwanzig Uhr«, schlug ich vor. »Ja, das wäre mir recht, bis dann!«, stimmte Tommy zu. Er verließ den Park und ging nach Hause. Cathy und ich sahen uns noch ein wenig auf dem Rummelplatz um und gingen dann auch nach Hause in meine Wohnung.

Ich schaute noch einmal kurz in meinen Briefkasten und sah eine Nachricht, die an mich gerichtet war. Es handelte sich um den Schlüssel, der beim Tagebuch gelegen hatte. Wer hatte mir den Brief geschickt? Ich fuhr mir wieder mit der Hand durch die Haare und überlegte. Es stand eine Adresse darauf, die ich kannte. Es handelte sich um ein Schließfach, das sich in Cherville befand, in der Nähe des Bahnhofs. Ich zeigte Cathy den Brief und sie schmunzelte vor sich hin und meinte daraufhin:

»Lass uns dort hinfahren und nachschauen.« Ich nahm den Schlüssel an mich, steckte ihn in meine Hosentasche, verließ meine Wohnung, stieg ins Auto ein und fuhr in Richtung Cherville los. Es war mittlerweile sehr warm geworden, so dass Cathy das Fenster öffnete und sich vom Fahrtwind abkühlen ließ.

Mit verträumtem Blick schaute sie zu mir herüber und meinte: »Steve, egal was passiert oder was uns dort erwartet, es wir gutgehen und ich werde zu dir halten.« Dieser Satz machte mir Mut und ich holte tief Luft, nahm ihre Hand und nickte nur mit dem Kopf. Um mich ein wenig abzulenken, schaltete ich das Radio an und lauschte den Verkehrsnachrichten, die gerade liefen. Als wir uns unserem Ziel näherten und das Ortsschild Cherville sahen, konnte es nicht mehr weit bis zum Bahnhof sein. Ich nahm eine Abkürzung, um einige Kilometer und Zeit zu sparen. Ich wollte nicht in den Mittagsstau geraten, so wie er im Radio gemeldet worden war. Der Bahnhof war nicht allzu weit entfernt von der Kirche, dort wo wir Priester Carlos besucht hatten. Der Bahnhof lag hinter einem Hügel gegenüber dem See, über den eine Brücke führte, und als wir ankamen, sah man viele Leute auf dem Gelände umherlaufen. Das Schließfach befand sich in der Bahnhofshalle, dort wo einige Shops standen, um die Gäste, die auf den Zug warteten, zu beköstigen.

Nun standen wir vor dem Schließfach und ich holte den Schlüssel aus meiner Hosentasche und steckte ihn in das Schloss und drehte ihn ganz vorsichtig herum. Meine Hände fingen an zu schwitzen und von meiner Stirn tropfte der Schweiß. Cathy blieb stumm und wartete ganz neugierig auf den Moment, in dem sich das Schließfach öffnete. Uns stockte der Atem, als wir dort eine Kiste vorfanden, die mit Bildern und weiteren Infos über das Medaillon Auskunft gab. Alte und verblasste Bilder von einer Frau, die ich noch nie gesehen hatte, und Bilder von einem sechsjährigen Jungen, der hübsch und nett aussah und in mehreren Lebenslagen fotografiert worden war. Diese Bilder erinnerten mich an die im Laden der alten Frau, wo ich sie an der Wand gesehen hatte. Jetzt hatten wir das erste Geheimnis gelüftet und wussten nun, wo der Schlüssel passte. Die Infos über das Medaillon erzählten die Lebensgeschichte der Frau.

Wenig später packten wir alles in die Kiste, schlossen das Schließfach wieder zu und gingen wieder zurück zum Auto, das aufgeheizt in der prallen Sonne stand. Mir war schon warm und ich spürte die Sonnenstrahlen auf meiner Haut, wie sie sich nach und nach hineinbrannten. Cathy erfrischte sich am Brunnen, der sich gleich am Ende der Halle befand, und beschloss, sich ein wenig abzukühlen. Die Hitze wurde immer unausstehlicher, als wir zurückfuhren, und als ich auf die Uhr schaute, war es später Nachmittag geworden und man sah, wie sich die Wolken am Himmel zusammenbrauten und eine schwüle Gewitterluft in der Luft lag. Die Straßen waren nun nicht mehr so voll mit Autos und ich konnte Gas geben.

Cathy schaltete das Radio wieder ein und lauschte der Musik, streckte ihren Kopf aus dem Fenster und der Wind spielte mit ihren Haaren. Je näher wir unserem Zuhause kamen, je tiefer versank die Sonne am Horizont und ein Regenbogen zeigte sich vor den dunklen Wolken. Ein Schauspiel wie in einem Bilderbuch, so schön und einzigartig.

Als wir in der Stadt ankamen, sahen wir, dass die Schausteller ihre Stände und Karussells im Park aufgebaut hatten. Auf der gegenüberliegenden Straßenseite bereiteten sich Händler und Verkäufer auf den Feierabend vor und schlossen ihre Läden ab und machten sich fertig für den großen Rummelabend. Der Park füllte sich so langsam. Wir beschlossen, zu meiner Wohnung zu fahren und uns auch für den Abend vorzubereiten und mit Tommy über den Rummelplatz zu gehen. Als wir in der Wohnung waren, stellte ich die Kiste mit den

Bildern auf den Schrank, ging zum Fenster und öffnete es, um ein wenig Luft hereinzulassen. Ich schaute durch das Fenster, mittlerweile war die Dämmerung hereingebrochen und man sah bunte Lichter, die den Rummelplatz hell erleuchteten.

Unterdessen war Cathy schon fertig angezogen und ging in die Küche, bereitete das Abendessen vor und ich verschwand schnell unter der Dusche. Draußen versammelte sich eine Menschenmenge auf den Straßen und alle gingen in den Park, wo uns der Duft von frisch gebrannten Mandeln und leckeren Lebkuchenherzen in die Nase stieg. So langsam füllte sich der Rummelplatz und eine Menschenmenge drängelte sich an den Läden, die mit vielen Leckereien und Preisen gefüllt waren. Cathy sah einen Stand, an dem es Lose gab, und sie wollte unbedingt einen großen Teddybär gewinnen, der an der Losbude hing. Der Blick, den sie mir zuwarf, sagte schon alles. Ohne zu zögern, holte ich meine Geldbörse heraus und bezahlte die Lose. Tommy und ich schauten ganz gespannt zu, wie Cathy in die Losbox griff und vier Lose herausnahm. Ich sagte: »Cathy, du darfst fünf Lose nehmen, nicht vier«, worauf sie meinte: »Ich weiß. Du darfst das letzte selbst Los aussuchen.«

»Ist o. k., Cathy«, stimmte ich zu. Als ich gerade davorstand und in die Losbox hineingreifen wollte, war ich wie in Trance und meine Hand bewegte sich wie von einer Geisterhand gelenkt. Wie ein Magnet zog mich die Hand in die Losbox und zog das Los, das ganz unten in der Box lag, mitten zwischen den anderen Losen. Ich zog meine Hand heraus, mit dem Los darin. Tommy schaute mich an und fragte: »Alles o. k. mit dir, Steve?« Ich sagte: »Ja, alles o. k.« Cathy fing an, ihre Lose nach und nach zu kontrollieren, und hoffte, dass sie was gewinnen würde. Aber es waren keine Gewinne bei den Losen, die sie selbst gezogen hatte. Ich bemerkte ihre Enttäuschung und sah, dass einige kleine Tränen aus ihren Augenwinkeln kullerten. Da fragte Tommy: »Und was steht auf deinem Los?« Ich öffnete das Los, das ich noch in der Hand hielt, und ich traute meinen Augen nicht. Es war der Hauptgewinn! Cathy und Tommy waren sehr erstaunt und schauten sich verwundert an.

Ich selber konnte es kaum glauben, was auf dem Los stand. Cathy freute sich und wischte sich ihre Tränen aus dem Gesicht, umarmte mich und gab mir einen Kuss. Währenddessen versammelten sich Leute um uns und beklatschten unseren Gewinn. Der Losverkäufer blickte etwas irritiert und fassungslos und gratulierte mir zu dem Hauptgewinn. Ich gab dem Losverkäufer mein Los und er holte den großen Teddybären und gab ihn mir. Cathy schaute mich so verträumt an, blinzelte mit ihren Augen und ich wusste, was sie wollte. Sie hielt den Teddy fest, drückte ihn an sich und ihre Augen funkelten wie Diamanten. Tommy war immer noch mit dem Gedanken beschäftigt, wie es hatte sein können, dass ausgerechnet Steve das Glück hatte, den Hauptgewinn zu ziehen. War es Zufall? Oder war es wirklich Glück?

In der Zwischenzeit wurde es immer leerer auf dem Rummelplatz und einige Leute gingen nach Hause. Wir waren auch fast durch und kamen am Ende des Rummelplatzes an. Als wir gerade auf dem Weg nach Hause waren, sahen wir einen Wohnwagen, an dem ein Schild mit der Aufschrift »Wahrsagerin« stand. Der Wagen stand etwas abseits und versteckt zwischen Bäumen und dichtem Gestrüpp.

Ein Pattweg führte dorthin, beleuchtet nur mit einer Laterne, die in einem Baum hing. Den Mond, der am Himmel schien, konnte man kaum sehen. Wolken, die sich davorschoben, verdeckten ihn und ein rauer Wind kam auf. Es war so, als ob die Zeit stehen blieb, kein Blatt bewegte sich, obwohl es windig war. Es war diese Stille, die aufkam. Ich fühlte wieder eine eisige Kälte in mir und überlegte, ob ich der Wahrsagerin einen Besuch abstatten sollte. Tommy war davon nicht so begeistert und hatte etwas Angst. Cathy sagte: »Lass uns doch mal reingehen, es würde mich sehr interessieren, was sie uns sagen wird.« Ohne ein Wort zu sagen, schaute ich Cathy an, nahm ihre Hand und wir gingen den Pattweg entlang, der bis zum Wohnwagen führte. Tommy zögerte etwas und sagte sich: »Was soll's? Schlimmer kann es nicht mehr werden«, und lief hinter uns her. Als wir näher an den Wohnwagen herankamen, sahen wir durch das Fenster eine alte Frau, die eine Katze auf ihrer Schulter trug, und auf ihrem Tisch lagen merkwürdige Dinge.

An der Decke hingen mehrere Traumfänger, die aus alten indianischen Stämmen stammen, und die Wände waren mit verschiedenen Voodoo- und Hexenbildern versehen. In der Ecke stand ein Ofen, der den Wohnwagen mit Holz beheizte, und man hörte das Pfeifen des Wassers, das im Kessel brodelte. Der Anblick war nicht sehr berauschend und wir waren sehr angespannt, aber die Neugier war größer und so klopften wir an der Tür. Nach kurzem Zögern hörten wir die alte Frau sagen: »Kommen Sie herein und machen Sie es sich gemütlich.« Als wir die Aufforderung hörten, öffneten wir die Tür und traten hinein.

Die Wahrsagerin beruhigte uns: »Habt keine Angst und setzt euch. Kann ich euch was zu trinken anbieten, ich wollte mir gerade einen Kräutertee machen.« Wir nickten nur mit dem Kopf, weil unsere Kehle wie zugeschnürt war und wir kein Wort herausbrachten. Der Blick der alten Frau und die Art, wie sie sprach, machten mir Angst. Alleine ihr Aussehen, wie sie angezogen war, und der ganze Schmuck, den sie an ihrem Körper trug, waren sehr unheimlich. Als sie aufstand, um sich einen Tee zuzubereiten, schauten wir uns gegenseitig an und waren gespannt, was nun passieren würde. Als die alte Frau fertig war, setzte sie sich wieder an ihren Tisch und sah in unsere Gesichter, die immer blasser wurden. Sie bemerkte das und fühlte, dass wir vor ihr Angst hatten.

Aber sie ließ sich nichts anmerken und fragte freundlich: »Was kann ich für euch tun?« Als wir unseren Wunsch äußerten, fing sie an, sich vorzubereiten. Sie holte ihr Material hervor, stellte zwei Kerzen auf den Tisch und zündete sie an. Sie erzählte mir von dem Ort, wo ich damals geboren worden war, und noch einige andere Dinge. Sie meinte, ich müsse eine große Reise antreten und diesen Ort besuchen, denn da könnte ich auf alle meine Fragen, die mit Rätseln behaftet waren, Antworten finden. Ich erzählte ihr auch von diesem Medaillon und dem Tagebuch, das ich gefunden hatte. Alles, was sie erzählte, stimmte und ich war verblüfft und sprachlos. Sie wusste auch von den Vorfällen, die sich ereignet hatten.

Alles das wusste sie und erstaunte mich damit sehr. Als wir fertig waren, bedankten wir uns bei ihr und verließen den Wohnwagen und man sah Tommy ins Gesicht geschrieben, dass er fix und fertig war und es nicht glauben konnte, was die alte Frau gesagt hatte. In der Zwischenzeit war es schon sehr spät geworden. Es war keine Menschenseele mehr auf dem Rummelplatz zu sehen, alles war wie leergefegt und eine eisige Stille herrschte hier vor Ort. Für Tommy war es für heute genug und er meinte, er sei müde und wolle nach Hause gehen.

Cathy und ich verabschiedeten Tommy und verließen den Park, überquerten die Straße und gingen noch auf einen Kaffee in das Lokal, das um die Ecke lag und zum Glück noch nicht geschlossen hatte. Wir unterhielten uns über das Ereignis und was wir bei der alten Frau gehört und gesehen hatten. Diese alte Frau wusste sehr viel über mich und das machte mich etwas stutzig, so als ob sie mich schon ein Leben lang gekannt hatte. Cathy stützte ihre gefalteten Hände auf ihr Kinn und schaute mich verträumt an und hörte gar nicht darauf, was ich erzählte. Sie meinte: »Steve, trink deinen Kaffee aus und lass uns nach Hause gehen, bitte!« Ich konnte natürlich Cathys Wunsch nicht widerstehen und wir verließen das Lokal und gingen zu meiner Wohnung.

Als wir dort ankamen, öffnete ich das Fenster, um frische Luft hereinzulassen. Cathy zog ihre Jacke aus und verschwand ins Badezimmer. Unterdessen machte ich mir einige Notizen dazu, was mir die alte Frau gesagt hatte, und holte mir die Karte hervor und schaute nach dem Ort, den ich suchen musste. Ich stellte alles zusammen: das Tagebuch, die Schatulle mit den Bildern und das Medaillon. Das alles packte ich in die Tasche und bereitete mich auf die große Reise vor. Cathy, die im Bad war, stand in der Tür in einem verführerischen Negligé und sie roch nach Rosen, der Duft lenkte mich ab und ich genoss den Anblick ihrer Schönheit. Ohne zu zögern, kam sie auf mich zu, nahm meine Hand und wir gingen ins Schlafzimmer. Wir liebten uns die ganze Nacht bis zum frühen Morgengrauen, als die Sonne gerade aufging und ein neuer Tag begann.

Irgendwann am späten Nachmittag wurde ich wach. Cathy schlief noch tief und fest, als ich leise aufstand und mich anzog. Ich ging in die Küche, machte mir einen Kaffee, stellte mich ans Fenster und schaute hinaus.

Die Sonne stand sehr hoch am Himmel und sie strahlte eine solche Wärme aus, so dass ich leicht am Schwitzen war. In der Zwischenzeit, in der der Kaffee durchlief, beschloss ich, noch schnell unter die Dusche zu gehen. Plötzlich klingelte es an der Haustür und Cathy wurde wach und zog sich auf die Schnelle einen Pullover über und ging zur Tür, öffnete sie und Tommy stand davor. Er sagte: »Hallo, guten Morgen, Cathy! Ist Steve da?« »Ja, er ist da, ich glaub, er ist unter der Dusche. Komm doch herein. Möchtest du eine Tasse Kaffee trinken?« Tommy nahm die Einladung gerne an: »Ja, gerne, wenn es nichts ausmacht.« Cathy gab Tommy den Kaffee und sagte: »Tommy, ich ziehe mir gerade mal etwas an, bis gleich!« Sie drehte sich um, ging ins Schlafzimmer und machte die Tür hinter sich zu. Als Tommy seinen Kaffee trank, sah er eine Tasche, die am Stuhl hing. Er war neugierig, schaute hinein und sah die ganzen Gegenstände und die Karte, auf der er die Orte mit einem Kreuz markiert hatte, die er aufsuchen sollte. Als er ein Geräusch aus dem Badezimmer hörte, machte er die Tasche wieder zu und hängte sie dort wieder hin, wo er sie weggenommen hatte.

Ich war fertig mit dem Duschen, ging aus dem Badezimmer und sah, dass Tommy da war. Er begrüßte mich mit: »Morgen, Steve! Alles o. k. bei dir?« Ich fragte ihn, was er hier schon wolle. Er sagte mir, dass er nichts vorhabe und Langeweile

habe und mich und Cathy gerne begleiten wolle.«
Ich konnte nicht nein sagen, denn ich war froh,
dass er mitwollte. ‚Er ist ja auch mein bester
Freund‘, dachte ich bei mir und sagte zu ihm: »Na
klar, Tommy, es würde mich freuen und Cathy
bestimmt auch.« Ich nahm mir auch eine Tasse
Kaffee und setzte mich an den Tisch. Ich überlegte
mir, ob ich noch einmal zu der alten Frau, der
Wahrsagerin, hingehen solle, da ich sie noch etwas
fragen wollte. Ich trank meinen Kaffee aus und
sagte zu Cathy und Tommy, dass ich gleich wieder
zurück sei. Ich zog meine Jacke an und ging aus der
Tür. Cathy und Tommy gingen zum Fenster und
schauten mir neugierig nach, wo ich wohl hingehen
würde. Doch sie sahen mich nur ganz kurz, als ich
die Straße überquerte und im Park verschwand.

Irgendetwas beunruhigte mich, als ich mich auf
den Weg zum Wohnwagen der alten Wahrsagerin
machte. Als ich am Ende des Rummelplatzes ankam, sah ich, dass der Wagen weg war und nicht
mehr zwischen Gestrüpp und Bäumen stand. Ich
rieb mir die Augen und schaute nochmals. Ich ging
ein Stück weiter und sah den Losverkäufer, wie er
gerade seine Bude aufmachte. Ich ging zu ihm hin
und fragte ihn: »Hallo, guten Morgen, können Sie
mir sagen, wann der Wohnwagen der alten Wahrsagerin abgefahren ist?« Der Losverkäufer schaute

mich verdutzt an und fragte: »Was für eine alte Frau denn und welcher Wagen? Hier stand nichts und hier war nichts. Sie müssen sich geirrt haben, mein Herr.« Ich sagte zu ihm, dass wir am Vorabend genau hier gewesen waren und die alte Frau in ihrem Wohnwagen besucht hatten. Kopfschüttelnd blickte er mich an, als ob er mir sagen wollte, dass ich mir alles eingebildet und eine zu lebhafte Fantasie hatte.

Ich beendete das Gespräch und suchte weiter den Rummelplatz ab, um weitere Personen zu finden, die mir sagen konnten, ob sie auch den Wohnwagen der alten Wahrsagerin gesehen hatten. Mir kam es schon sehr merkwürdig vor. Als ich von mehreren Passanten die Bestätigung bekommen hatte, dass sie auch nichts gesehen hatten, lief ich zurück zu meiner Wohnung, wo Tommy und Cathy auf mich warteten. Als ich meine Wohnung betrat, schauten mich Cathy und Tommy ganz entgeistert an und fragten mich, wo ich gewesen sei. Ich erzählte ihnen, dass ich noch mal zum Wohnwagen wollte, zu der alten Frau, und feststellen musste, dass sie und der Wagen verschwunden waren. Cathy fragte ungläubig: »Wie weg? Wo ist sie denn hin, konnte es dir keiner sagen?« »Nein, keiner, noch nicht mal die Leute vom Rummelplatz haben etwas gesehen oder gehört«, erklärte ich. Tommy kommentierte verwundert: »Das ist aber sehr komisch«, setzte sich wieder hin und trank weiter seinen Kaffee. Cathy ging wieder an das Fenster und schaute hinaus in den Park, aber sie sah nur einige Leute vom Rummel, die sauber-machten und alles aufschlossen. Aber vom Wohn-wagen der Wahrsagerin war keine Spur mehr zu sehen. Mit nachdenklichem Blick schüttelte sie den Kopf und murmelte vor sich hin: »War es ein Traum oder Einbildung?« Ich blieb die Antwort schuldig und sagte: »Komm, lass uns losfahren, wir haben noch eine weite Fahrt vor uns.«

Ich nahm meine Tasche, die am Stuhl hing, und wir machten uns auf den Weg nach City Orlando. Dieser Ort lag südlich von uns, nahe an der Küste von Marino Bay. Ich konnte es kaum erwarten, dort zu sein, um meine Antworten auf die noch offenen Fragen zu finden.

Ich hielt noch einmal kurz an, damit Proviant für die Reise eingekauft werden konnte. Ich fuhr auf einen Parkplatz, Cathy und Tommy stiegen aus und gingen in den Supermarkt. Unterdessen holte ich die Karte hervor, um zu schauen, wo der Ort genau lag. Während ich im Auto wartete, schaltete ich das Radio an, um die Nachrichten und die Wet-tervorhersage zu hören. Alles schien o. k. zu sein auf den Straßen und ein Unwetter war auch nicht angekündigt. ‚Also wird es ein schöner Tag werden', dachte ich mir.

Ein Schulbus, der an der Haltestelle hielt, ließ die Kinder aussteigen, die gerade von der Schule kamen, und die Werkssirene dröhnte zur Mittagspause und die Händler bauten ihre Stände vor ihren Läden auf und machten sauber. Als ich aber die Karte noch intensiver studierte, bemerkte ich in meinem rechten Augenwinkel, wie eine Frau mit ihrem Wagen an dem Laden hielt, dort wo die alte Frau gewohnt hatte. Sie stieg aus und nahm das Verkaufsschild ab und ging in den Laden hinein. Ich dachte wieder an die alte Frau, wie sie mühsam Tag für Tag die schweren Gemüsekisten auf den Lastwagen gepackt hatte. Das waren Erinnerungen, die mich nie loslassen würden. Wie ich so träumte, kamen Tommy und Cathy aus dem Supermarkt zurück, vollgepackt mit je zwei Tüten Proviant. Nun hatten wir alles und konnten unsere Fahrt fortsetzen. Ich packte die Karte wieder weg, ließ das Auto an und wir fuhren aus der Stadt.

Wir setzten nun unsere Fahrt fort in Richtung City Orlando. Rechts und links der Straße blühten die Wiesen und Felder, wie auf einem gemalten Gemälde. Die Sonnenstrahlen ließen die Bäche glitzern wie funkelnde Kristalle. Am Himmel zog ein Adler seine Kreise, zuerst in Lauerstellung und dann zum Sturzflug ansetzend, genau über dem Bach, um dort seine Beute zu fangen.

Es war kaum Verkehr auf der Straße und wir suchten uns ein ruhiges Plätzchen, wo wir eine Pause machen wollten. Wir bogen von der Straße ab und fuhren in einen Feldweg, der zu einem See führte, der mitten in einem Waldstück gelegen war. Wir hielten an, stiegen aus und sahen uns um. Tommy blieb im Auto sitzen und holte die Karte hervor und schaute nach dem Weg. Cathy und ich gingen hinunter zum See, um die schöne und ruhige Aussicht zu genießen. Es war herrlich und die Vögel zwitscherten und die Sonne strahlte auf das Wasser und man sah einige Fische herumschwimmen, deren Rücken dicht unter der Wasseroberfläche im Sonnenlicht glänzten.

Wir legten uns auf den Rasen und irgendwie spürte ich, dass Cathy etwas wollte. Sie fing an, mich zu streicheln, und legte sich auf mich und wir konnten unsere Liebeslust nicht mehr zurückhalten. Tommy war indessen damit beschäftigt, im Auto einen Mittagschlaf zu halten. Nach einiger Zeit wurde er wach und holte eine Decke und den Picknickkorb aus dem Auto, schloss das Auto ab und machte sich auch auf den Weg zum Seeufer. Hinter einigen Büschen sah Tommy uns und sagte: »Ach, hier seid ihr! Habe euch schon gesucht.«

Cathy und ich schauten uns an und fingen laut an zu lachen. Tommy wunderte sich etwas, aber es ließ ihm keine Ruhe, warum wir lachten. Wir breiteten die Decke aus, setzten uns darauf und plünderten den Korb. Nach mehreren Stunden, die wie im Fluge vergangen waren, sagte ich: »So, wir müssen weiter, sonst kommen wir in der Nacht an, und das wäre nicht gut.«

Cathy und Tommy packten alles wieder in den Korb und ich nahm die Decke, faltete sie zusammen und klemmte sie unter meinen Arm und wir gingen zum Auto, das im Schatten unter einem Baum stand. Als ich das Auto aufschließen wollte, war es schon offen und ich fragte Tommy, warum er es nicht zugeschlossen habe. Tommy schaute mich an und sagte: »Steve, ich habe, bevor ich gegangen bin, alle Türen und Fenster zugeschlossen. Ich glaubte Tommy, aber ich fand es sehr merkwürdig, dass der Wagen nicht mehr verschlossen war. Nickend schaute Cathy mich an und wir stiegen ins Auto. Wir kontrollierten alles, bevor wir losfuhren, aber es fehlte nichts und es war nichts beschädigt. Also setzten wir unsere Fahrt fort. Die Dämmerung brach schon langsam herein, als wir an eine Abzweigung kamen und nicht wussten, wohin wir fahren sollten.

Tommy schaute auf der Karte nach und sah, wie eine Markierung, die aber vorher nicht da gewesen war und dann noch rot gekennzeichnet war, eine ganz andere Route wies. Tommy brummte vor sich hin und meinte, dass wir links fahren müssten. Nach rechts ging unsere markierte Route ab und einige Meter entfernt sahen wir eine Brücke, über die wir unsere Fahrt eigentlich fortsetzen sollten. Also bogen wir links ab und folgten dem roten Strich, der auf der Karte verzeichnet war. In diesem Moment sahen wir einige Meter entfernt im Rückspiegel, wie die Brücke einstürzte und in sich zusammenfiel. Nun stockte uns der Atem und ich trat auf die Bremse und der Wagen stoppte. Ich fragte Tommy, wo er die Karte habe und wo die neue Route eingezeichnet sei. Meine Neugier war zu groß und ich traute meinen Augen nicht. Ich sah keine andere Route, die rot gekennzeichnet war. ‚Warum meinte Tommy eine rote Linie gesehen zu haben?' Es ging nicht in meinen Kopf und ich sagte zu ihm: »Tommy, warum hast du dich für links entschieden und nicht für rechts? Du weißt, wenn wir über die Brücke gefahren wären, hätten wir dieses Unglück nicht überlebt!?«

Tommy nickte nur und war selber sprachlos. So langsam glaubte ich nicht mehr an Zufälle und mir wurde klar, dass jemand uns warnen wollte. Aber wer? Diese Frage stellte ich mir schon die ganzen zurückliegenden Wochen und doch kam ich zu keinem Ergebnis. Wir stiegen wieder ins Auto und keiner sagte ein Wort, jeder von uns saß gedankenversunken und sprachlos auf seinem Platz. Ich startete das Auto wieder und setzte die Fahrt, die noch einige Stunden dauern sollte, in Richtung City Orlando fort. So langsam wurde es dunkel und die Sonne verschwand hinter einem Berghügel, der weit von uns entfernt war. Cathy schaute aus dem Autofenster heraus und schaute sich die Landschaft an und Tommy träumte vor sich hin und lauschte der Musik, die im Radio gespielt wurde. Ich konzentrierte mich auf die Straße, die nach und nach immer kurvenreicher wurde und sich immer schwieriger befahren ließ. Bis zum nächsten Ort waren es noch einige Kilometer zu fahren und wir suchten nach einem Hotel, das auf unserer Fahrtroute lag, um dort zu übernachten. Als wir nach einiger Zeit nichts fanden, sahen wir von Weitem in der Dunkelheit ein Licht, das aus einer kleinen Lichtung strahlte.

Als wir näherkamen, sahen wir eine Hutte, die abseits von der Straße tief unten im Tal lag und sehr zerfallen war. Wir hielten an und ich stellte den Motor aus und schaute etwas ängstlich und verdutzt hinaus. Mein Gesichtsausdruck schien Cathy etwas Sorge zu bereiten. Meine Anspannung und Unruhe waren offenbar nicht zu übersehen.

Cathy und Tommy stiegen aus dem Auto, ich schloss es ab und wir gingen einige Meter, bis wir die Hütte erreichten. Unterdessen war es schon so dunkel geworden, dass man die eigene Hand nicht mehr vor Augen sah. Der Weg dorthin war sehr steinig und matschig und machte es nicht möglich, mit dem Auto bis zur Hütte zu fahren. So mussten wir den Rest zu Fuß gehen, um die Hütte zu erreichen. Nur der Lichtschein des hell am Himmel stehenden Mondes leuchtete den Weg ein wenig aus. Es schien eine klare Nacht zu werden, keine einzige Wolke war zu sehen. Die Sterne funkelten so hell wie reine Diamanten und eine leichte Brise des Ostwindes war auf der vom vergangenen Sonnentag aufgeheizten Haut zu spüren. Je näher wir der Hütte kamen, umso größer wurde die Neugier. Als wir vor der Hütte standen und Steve an der Tür klopfen wollte, öffnete sie sich wie von Geisterhand selber. Wir traten ein und sahen einen alten Mann, der vor einem Kamin saß und in das Feuer starrte.

Plötzlich drehte er sich um und ich war von seinem Anblick sehr erschrocken. Sein Gesicht war von Falten sehr zerklüftet und verfault und seine Augen waren blind. Cathy und Tommy traten etwas zurück und waren über den alten Mann genauso erstaunt. Er richtete sich auf, ging zu einem Schrank und holte seine Pfeife aus der Schublade.

Ich stand immer noch sprach- und regungslos da und beobachtete den alten Mann. »Hallo, guten Abend«, sagte ich freundlich, »die Tür stand offen. Das sind meine Freunde Tommy und Cathy und ich heiße Steve. Ich hoffe, wir stören nicht.« Der alte Mann brummelte und murmelte vor sich hin und meinte: »Kommt herein und setzt euch doch. Ihr braucht keine Angst zu haben. Man nennt mich den alten Henry. Ich war Seefahrer auf hoher See und bin jetzt im Ruhestand. Wer seid ihr und wo kommt ihr her?« Ich erzählte ihm, wo wir herkamen und was unser Reiseziel war, und fragte den alten Mann, ob er den Ort kenne und was uns dort erwarte. Aber er meinte nur, dass dieser Ort mit einem Fluch verhext worden sei und ein großes Unheil hereinbrechen werde. Die Bewohner seien aus dem Dorf geflüchtet, weil sich dort unheimliche Dinge ereignet hätten, und niemand hätte seitdem diesen Ort jemals wieder besucht.

Wir machten es uns in der Hütte gemütlich und der alte Seebär Henry erzählte uns noch mehr Geschichten und es war schauderhaft, ihm zuzuhören. In der Zwischenzeit braute sich am draußen ein Unwetter zusammen, der Himmel verdunkelte sich und es fing an zu regnen und zu stürmen. Das Holzfenster klapperte hin und her und durch die Holzvertäfelung pfiff der Wind. Bis spät in die

Nacht hörten wir dem alten Seebären Henry und den Geschichten über sein Leben zu. Draußen tobte der Sturm immer heftiger, als ob die Welt untergehen würde. Ich weiß nicht, wie spät es in diesem Moment war. Mir kam es vor, als wäre die Zeit stehen geblieben. Cathy, Tommy und ich gingen zu unserem Schlafplatz und versuchten ein wenig zu schlafen. Am frühen Morgen wachte ich auf und sah, dass Tommy und Cathy schon aufgestanden waren und ihre Sachen packten. Cathy schaute mich an und sagte: »Guten Morgen, Steve, du Langschläfer. Zeit zum Aufstehen, die Sonne scheint!« Ich fragte sie, wie spät es denn sei. Sie meinte, es sei kurz vor acht Uhr und dass wir weitermüssten. Ich schaute mich um und da fiel mir etwas auf: »Wo ist der alte Henry hin?« Cathy entgegnete: »Er ist schon in aller Frühe weggefahren zu seinem Boot draußen vor der Küste von Marino Bay.« Sie hatte unterdessen schon Frühstück gemacht und auf den Tisch gestellt. Ich richtete mich auf und durch das Fenster traf mich ein Sonnenstrahl, der mir genau ins Auge schien. Ich fragte Cathy, wo denn Tommy sei. Sie meinte nur, dass er seine Sachen schon zum Auto bringen und dann wieder zurück sein wollte.

In der Zwischenzeit trank ich eine Tasse Kaffee und wir nahmen unsere Sachen und verließen die Hütte. Ich schrieb eine Nachricht für den alten

Mann auf den Zettel mit Dank für die gute Bewirtung und Gastfreundlichkeit, die er uns erwiesen hatte. Ich zog vorsichtig die Tür hinter mir zu und wir machten uns auf den Weg zum Auto, das nur mühsam zu erreichen war. Der Weg dorthin war durch den nächtlichen Sturm noch matschiger und zerwühlter als zuvor. Als wir ankamen, sahen wir Tommy nicht am Auto. Er war nirgendwo zu sehen und wir machten uns auf die Suche und riefen laut seinen Namen, aber nichts geschah. Cathy und ich gingen wieder zurück zum Auto und fuhren dann los, weiter in Richtung City Orlando. Cathy meinte plötzlich: »Steve, vielleicht ist er mit dem alten Seebären Henry mitgegangen zu dessen Boot und wartet dort auf uns.« Cathys Gedanke gar nicht so verkehrt und so fuhren wir zur Küste von Marino Bay.

Es waren einige Meilen bis zur Küste und die Mittagssonne schien vom Himmel, als würden die Sonnenstrahlen uns als Wegweiser dienen und uns dorthin führen wollen.

Es waren nur noch ein paar Meilen, bis wir in Marino Bay ankamen. Von der Landstraße aus sah man von Weitem schon die Bucht und die vielen Segelschiffe, die sich im Glanz der Sonne im Meer spiegelten, und das kleine Örtchen Marino Bay, das so friedlich und einladend aussah. Als wir am Ortsschild vorbeifuhren, sahen wir Arbeiter, die gerade auf dem Weg zu ihren Bauwagen waren, um dort ihre Mittagspause zu machen. Die Sonne hatte ihren höchsten Stand am Himmel erreicht und es wehte kaum ein kühles Lüftchen. Nicht einmal die Drachen, die die Kinder auf der Wiese steigen lassen wollten, erhoben sich in die Luft. Cathy schaute aus dem Autofenster und lackierte sich nebenbei die Fingernägel. Meine Gedanken schwirrten in meinem Kopf umher und ich konnte immer noch nicht klar denken. Ich fragte mich, wer dieser alte Mann war und wo Tommy nur sein konnte. Die Zeit, die uns noch blieb, verging wie im Fluge und ohne Tommy konnten wir nicht weiter.

Also machten wir einen Stopp und hielten an einem Laden an, um uns Proviant zu besorgen. Cathy sagte zu mir: »Geh du schon mal vor, ich werde derweilen Tommy suchen.« Sie stieg aus dem Auto und machte sich auf den Weg in Richtung Hafen, zum Pier, wo die Segelschiffe lagen. Mit nachdenklichem Blick schaute ich Cathy an und mit einem leichten Lächeln im Gesicht warf ich es zu ihr hinüber. Ich sah, wie Cathy den Weg in Richtung Kai einschlug. Ich schloss das Auto zu und ging in den Laden. Als ich ihn betrat, sah ich viele alte Leute, die ihren Einkaufswagen zu den Regalen hinschoben, um dort die frische Ware hineinzupacken. An manchen Stellen duftete es nach Brötchen und frischem Kaffee. Ich besorgte uns den Proviant für unsere Fahrt, ging zur Kasse und stellte die Einkaufssachen auf das Fließband. Ich verließ mit zwei vollen Tüten den Laden und ging wieder zum Auto. Ich hoffte, dass Cathy mit Tommy auftauchte, das war aber nicht der Fall und nun stand ich da. Ich hielt Ausschau nach den beiden, aber weit und breit war nichts von ihnen zu sehen.

Die Sonne brannte nicht mehr so stark vom Himmel und ich sah, wie die Vögel am Horizont unruhig hin- und herflogen. Der Himmel verdunkelte sich und es zog ein Sturm auf. Ich schloss das Auto auf, packte die Einkaufssachen ins Auto, zog meine Jacke an und machte mich auch auf den Weg in Richtung Hafen. Er lag nur einen Kilometer weit entfernt von dem Laden und auf halbem Weg fing es an zu donnern und zu regnen. Eine alte Frau kreuzte meinen Weg und sprach mich an. Ich wollte sie zuerst ignorieren, aber ihre Blicke verwirrten mich. Sie sagte: »Junger Mann, passen Sie schön auf sich auf und bleiben Sie nicht stehen, gehen Sie weiter.« Ich konnte nichts mit ihrem Rat anfangen und lief weiter, so schnell ich konnte.

Das Unwetter schien jetzt ganz nah zu sein. Blitze zuckten aus den Wolken und der Wind war so stark, dass ich durch den Regen kaum etwas sehen konnte. Es war nicht mehr weit bis zum Kai, als ich ein Licht sah, das aus einer Hütte schien. Ich dachte mir, dass das meine Rettung sei, bevor ich noch klatschnass werden würde.

Der Wind peitschte mir ins Gesicht und der Weg wurde immer matschiger. Als ich endlich auf dem Holzkai war und wieder festen Boden unter mir spürte, sah ich die kleine Hütte. Von außen schaute ich durch das kleine Fenster, um zu sehen, wer sich dort verbarg. Ich sah keine Menschenseele, ging zur Tür und öffnete sie. Als ich die Hütte betrat, sah ich einen kleinen Holzofen, auf dem in einem Kochtopf eine Mahlzeit zubereitet wurde. Ich rief: »Hallo, ist hier jemand?«, aber ich bekam keine Antwort. Ich dachte mir, dass jemand hier gewesen sein musste. ‚Naja, der Besitzer wird wohl bald zurückkommen‘, dachte ich und zog meine Jacke aus, die schon vom Unwetter durchgeweicht war, und ging dann zum Feuer, das mir Wärme spendete. Wo mochten wohl Cathy und Tommy sein? Ich hoffte, dass es ihnen gutging und dass sie auch einen Unterschlupf gefunden hatten. Ich machte mir schon Sorgen. Der Sturm wurde immer schlimmer, die Fenster klapperten und der Wind heulte so laut, dass man sein eigenes Wort nicht mehr hören konnte. Ich schaute aus dem Fenster und sah absolut nichts. Also wartete ich, bis der

Sturm sich wieder gelegt hatte. Ich schaute in die lodernden Flammen des Ofens und wurde irgendwann müde und schlief ein.

Während ich schlief, hörte ich im Unterbewusstsein eine Stimme, die zu mir sagte: »Ich bin da und werde dich beschützen.« Irgendwie fühlte ich eine Hand, die mir Schutz gab, und hatte das Gefühl, dass ich diese Stimme kannte, sie kam mir so vertraut vor. Alles um mich herum erschien mir wie eine Dimension in einer anderen Welt. Ich konnte meine Müdigkeit nicht mehr zurückhalten, meine Augenlider waren so schwer und es dauerte nicht lange, bis ich einschlief.

Am nächsten Morgen, als ich wach wurde, hatte sich das Unwetter verzogen und es schien die Sonne in herrlichem Glanz. Als ich mich aufrichtete und mich umsah, war die Hütte in einem guten Zustand. Alles war aufgeräumt und auf dem Herd stand frisch gekochter Kaffee und der Tisch war gedeckt mit leckeren Brötchen und frischem Obst. Ich fragte mich, ob ich das alles geträumt hatte, aber es war kein Traum. Ich setzte mich an den Tisch, um zu frühstücken, und schaute aus dem Fenster und beobachtete einige Fischer, die ihre Boote startklar machten, um in See zu stechen.

Etwas weiter am Steg sah ich einen alten Mann in Richtung Hütte gehen. Plötzlich klopfte es an der Tür und der alte Mann trat herein. Er sagte: »Hallo Steve, wie geht es Ihnen? Haben Sie gut geschlafen! Wissen Sie denn noch, wer ich bin?« Ich überlegte kurz und dann fiel es mir wieder ein. Es war der blinde Henry, der alte Seebär, ich erinnerte mich, wie er uns seine Geschichte über das Örtchen Marino Bay erzählt hatte. Ich fragte verwundert: »Hallo Henry, woher wissen Sie, dass ich es bin, Sie können mich doch gar nicht sehen?« Darauf meinte der alte Seebär: »Steve, ich bin zwar blind, aber ich habe ein sehr gutes Gehör und außerdem sagte man mir, dass sich ein junger Mann hier eingenistet habe und aus Small Town City hierhin angereist sei, da dachte ich mir, dass nur ihr das sein könnt.«

Ich schaute Henry an und staunte über seine Fähigkeiten und fragte: »Henry, wissen Sie, wo Tommy und Cathy sind?« »Ja, Steve, Tommy ist bei mir auf dem Boot und Cathy ist im Laden, um Proviant zu holen. Wenn du fertig bist mit Frühstücken, gehen wir gemeinsam zu meinem Boot.« Ich nickte und machte mich fertig, nahm meine Sachen und wir gingen los. Ich fragte ihn, wo sein Boot liege und ob es noch lange dauere, weil ich es sehr eilig hatte und meine Fahrt wieder fortsetzen wollte.

Auf dem Weg zum Boot kamen wir an einem Blumenstand vorbei, wo eine alte Frau frische Blumen verkaufte. Sie fragte mich: »Junger Mann, haben Sie vielleicht Interesse an schönen Blumen?« Ich blieb stehen, schaute sie an und fragte: »Ja, die sind wunderschön. Was sollen sie denn kosten?« Sie antwortete: »Junger Mann, für Sie sind sie umsonst. Suchen Sie sich welche aus!« Ich überlegte etwas und suchte nach Cathys Blumen, die sie so mochte, aber die hatte sie nicht. Die alte Frau sah, dass ich unentschlossen war, und sagte zu mir: »Ich weiß, was Sie suchen«, und holte unter ihrem Tisch ein paar frische Veilchen hervor, die vor Schönheit und Freude nur so blühten.

Verdutzt schaute ich die alte Frau an. Woher wusste sie, dass Cathy Veilchen mochte und dass sie für sie bestimmt waren? Ich fühlte irgendetwas, was ich wieder nicht deuten konnte. Henry merkte, dass etwas mit mir nicht stimmte, und fragte: »Steve, alles in Ordnung?« Ich bejahte das, nahm die Blumen, bedankte mich bei der alten Frau und ging weiter Richtung Steg und zum Boot. Als wir ankamen, waren Cathy und Tommy schon auf dem Boot und erwarteten uns schon. Ich freute mich, dass beide wohlauf waren und dass keiner bei dem nächtlichen Sturm Schaden genommen hatte. Cathy kam mir schon entgegen und lief auf mich zu. Sie freute sich, als sie mich sah, und versank in meinen Armen und sagte: »Steve, ich habe dich vermisst und mir Sorgen gemacht. Aber nun bist du ja da.« Sie gab mir einen leidenschaftlichen Kuss und ich sagte zu ihr: »Cathy, ich habe dir Blumen mitgebracht. Ich hoffe, sie gefallen dir, habe sie dort drüben bei der alten Frau am Blumenstand bekommen.«

Cathy sagte: »Ja, die sind wunderschön. Woher weißt du das, dass ich Veilchen mag?« Ich antwortete: »Die alte Frau meinte, dass dir Veilchen gefallen.« Cathy drehte sich um, schaute und fragte: »Welcher Blumenstand? Ich sehe keinen.« Ich drehte mich auch um und tatsächlich – es war nichts zu sehen von dem Blumenstand! Was war geschehen? Hatte ich mir das alles eingebildet oder war es nur ein Traum? Ich war sprachlos und es wurde schwer, Cathy zu erklären, wo ich die Blumen herhatte. Cathy beruhigte: »Ist egal, Steve, sie sind wunderschön. Lass uns zu Tommy gehen.« Die Zeit verging und gegen Mittag hatte die Sonne ihren höchsten Stand am Himmel erreicht. Cathy meinte: »Steve, es ist so warm und wir haben doch noch etwas Zeit, bevor wir weitermüssen. Ich wollte noch ein wenig baden, mich etwas abkühlen. Kommst mit mir mit?« Ich überlegte und erwiderte: »Nein, Cathy, ich unterhalte mich noch etwas mit

Henry, kannst ja Tommy mitnehmen, wenn er möchte!« Und Tommy nickte: »Ja, wieso denn nicht?« Henry schmunzelte vor sich hin und ich setzte mich draußen am Bug hin. Es gab mir die Gelegenheit, meine Gedanken und Kräfte zu sammeln und mir noch einmal alle Ereignisse durch den Kopf gehen zu lassen, bevor unsere Reise weiterging. Henry setzte sich neben mich und fragte mich, was eigentlich mit mir los sei. Ich erzählte ihm meine Geschichte und er hörte mir konzentriert und gespannt zu. Wir unterhielten uns einige Stunden und merkten nicht, dass es schon spät geworden war. Henry meinte: »Ihr könnt heute Nacht hier auf dem Boot schlafen und morgen früh könnt ihr weiterfahren.« Ich nickte und bedankte mich: »Das ist sehr nett von Ihnen und wir nehmen Ihr Angebot gerne an, danke schön.«

+

Plötzlich erschien Tommy und schrie sehr erregt: »Steve, komm schnell her, Cathy ist verschwunden!« Ich stand auf, stürzte zum Kai, um zu sehen, wo sie war. Aber sie war nirgendwo zu sehen. Als ich so umherschaute, sah ich Luftblasen, die im Wasser blubberten. Ich zog meine Schuhe und mein Hemd aus und sprang ins Wasser hinein. Es war sehr trübe. Ich konnte unter Wasser nicht allzu viel erkennen. Ich tauchte noch einmal auf, um tief Luft zu holen und mich zu vergewissern, dass ich sie irgendwo finden würde. Wie von Geisterhand geführt fühlte ich so etwas wie ein Zeichen, das mich zu einer Stelle im Wasser führte, wo Cathy mit ihrem Fuß eingeklemmt war. Ich sah, dass sie nicht mehr lange durchhalten und in Bewusstlosigkeit fallen würde. Mir war klar, dass mir nicht viel Zeit blieb und dass ich sofort handeln musste. Ich tauchte wieder auf und schrie: »Tommy, ich habe sie gefunden!« Tommy zögerte nicht lange und sprang zu mir ins Wasser. Wir beide tauchten zu der Stelle, wo Cathy eingeklemmt war. Tommy gab mir einige Zeichen und machte mich darauf aufmerksam, dass sich Cathys Fuß zwischen zwei Holzbalken verkeilt hatte. Ich versuchte mit aller Kraft, den Balken zu bewegen, aber er bewegte sich nicht. Als ich Cathy in die Augen sah, war mir, als würde sie mir sagen wollen: »Steve, ich liebe dich! Lebe du dein Leben ohne mich weiter.« Mit diesen Gedanken wollte ich mich erst gar nicht befassen, sondern weiter um ihr Leben kämpfen.

Meine Luft wurde auch weniger und ich musste auftauchen. Ich wusste, wenn ich jetzt keine Lösung fände, sie zu befreien, würde ich Cathy verlieren und sie würde sterben. Als ich gerade noch mal tief Luft holen wollte und zum Tauchen ansetzen wollte, sah ich auf einmal einen Lichtschein im diesigen Wasser und merkte, dass sich die Wasser-

70

temperatur schlagartig verändert hatte. Es wurde so kalt, dass ich im Wasser fror und mich kaum bewegen konnte. Ich fragte mich: »Was geht hier vor?« Als das Licht erlosch und das Wasser sich so langsam wieder erwärmte, kam Cathy regungslos aus dem Untergrund an die Wasseroberfläche. Ich packte den leblosen Körper und zog ihn aus dem Wasser und fing sofort mit der Wiederbelebung an. Ich merkte, dass ihr Puls sehr schwach und ihr Gesicht kreideweiß war. Nach ein paar gezielten Handgriffen kam sie allmählich zu sich und öffnete langsam ihre Augen. Ich streichelte ihr über die Wangen und hielt sie fest in meinen Armen. Cathy wusste noch nicht, was ihr geschehen war, und sie war noch sehr von dem benommen, was im Wasser passiert war.

Ich hob Cathy auf und trug sie auf meinen Armen und wir gingen zurück zur Hütte. Henry, der alte Seebär, hatte in der Zwischenzeit das Feuer im Kamin angefacht und bereitete das Essen vor. Wir zogen unsere nassen Klamotten aus und setzten uns an den Kamin, der uns Wärme spendete. Draußen wurde es so langsam dunkel und Henry meinte: »Macht es euch gemütlich und ruht euch etwas aus, denn ihr habt morgen einen langen Weg vor euch.« Tommy und Henry saßen am Tisch und spielten Karten. Ich versuchte etwas zu schlafen

71

und kuschelte mich bei Cathy an. Cathy schaute mich an und sagte zu mir: »Steve, danke dass du mich gerettet hast! Ich werde immer bei dir sein, du sollst wissen, dass ich dich sehr liebe.« Ich sah, wie kleine Tränen aus ihren Augen kullerten, und sagte zu ihr: »Pst, ist schon o. k. und nun schlaf ein wenig. Wir haben morgen einen langen Tag vor uns.« Sie nickte und schloss ihre Augen und wir schliefen beide ein. Am frühen Morgen wachte ich auf und sah aus dem Fenster. Die Morgensonne ging gerade auf und am Himmel zog ein Vogelschwarm über das Dorf.

Einige Fischer begannen mit ihrer Arbeit und viele Boote fuhren hinaus aufs Meer. Es schien ein wundervoller Tag zu werden und ich stand auf und schaute mich um, aber ich sah keinen Henry und keinen Tommy. Ich roch frischen Kaffee und auf dem Tisch lagen frische Früchte und daneben Brötchen, die gerade aus dem Ofen gekommen waren. Ich setzte mich an den Tisch und fing an zu frühstücken. Dabei las ich in der aktuellen Tageszeitung, die auch auf dem Tisch lag. Plötzlich öffnete sich die Tür und Tommy kam herein und sagte: »Guten Morgen, Steve, hast du gut geschlafen?« Ich bedeutete ihm, leise zu sein, da er sonst Cathy aufwecken würde. Er flüsterte: »Steve, ich habe für uns schon den Reiseproviant eingekauft und das

Auto startklar gemacht. Von mir aus können wir los.« »Ja, Tommy, sobald Cathy wach ist und sie gefrühstückt hat, können wir los, aber wo ist denn Henry?«, fragte ich Tommy. Er meinte, dass der mit seinem Fischerboot schon sehr früh aufs Meer hinausgefahren sei und uns alles Gute gewünscht habe.

Mit verträumtem Blick wurde auch Cathy wach und sagte: »Guten Morgen, ihr zwei, wie spät ist es eigentlich?« Ich antwortete, dass es schon nach acht Uhr war und sie erst einmal etwas essen sollte. Cathy stand auf, zog sich an und ging ins Bad, um sich frisch zu machen. Unterdessen packte ich die Karte aus und Tommy zeigte mir die Route, die wir vor uns hatten. Es waren noch einige Meilen zu fahren. Wir machten uns so langsam fertig, räumten die Hütte auf und ich schrieb einen Brief an den alten Henry mit Dank für die tolle Gastfreundschaft, die wir bei ihm erfahren durften, und für seine Hilfe, ohne die wir es nicht geschafft hätten. Ich legte den Brief an den Kamin, wo auch seine Pfeife lag, damit er sich den Brief von einem Fischer vorlesen lassen könnte. Ich nahm meine Tasche und ging zur Tür, schloss sie zu und legte den Schlüssel unter die Matte, die vor der Hütte lag.

Ich war etwas traurig darüber, denn ich mochte ihn sehr, aber andererseits hatte ich nur eins im

Sinn. Ich erinnerte mich an seine letzten Worte und mir war eins bewusst geworden: Kämpfe so lange, wie du kannst, gib dich nicht auf, sonst erreichst du nie dein Ziel. Und ich hatte ein Ziel, und das war City Orlando. Als ich zum Auto kam, waren Tommy und Cathy schon fleißig am Packen. Sie verstauten den Proviant und stiegen ein, ich machte gerade noch einen Rundum-Check am Auto, stieg dann auch ein und fuhr los. Cathy rief fröhlich: »Was für ein wunderschöner Morgen!« Die Vögel zwitscherten, am Rande des Waldes sprangen Rehe vor sich hin und ein Bussard suchte nach Beute, indem er am Himmel seine Kreise zog. Alle sahen zufrieden aus und waren gut gelaunt und sangen im Auto ein Lied mit, das im Radio zu hören war. Als wir aus dem Tal herausfuhren und die Kuppe fast erreicht hatten, hielt ich an. Man sah das Glitzern des Wassers in der Sonne und die ganze Pracht der Landschaft, so schön und bunt wie in einem Bilderbuch, wie von einem Maler gemalt . Die Einwohner von Marino Bay waren glücklich und zufrieden und ich werde Henry nie vergessen, den alten Seebären von Marino Bay. Ich drehte mich wieder um und setzte die Fahrt wieder in Richtung City Orlando fort.

Die Straße, die wir befuhren, wurde wieder besser und man konnte den warmen Fahrwind spüren. Cathy drehte das Autofenster herunter und neigte den Kopf seitwärts aus dem Fenster und ließ ihre Haare vom Wind durchwirbeln. Tommy saß hinten und schaute in die Karte und er wies mir den Weg, den ich fahren musste. Nach einiger Zeit wollten wir eine kleine Pause machen, um uns etwas die Füße zu vertreten. Ich sah eine Möglichkeit, wo ich anhalten konnte, bog von der Straße ab und fuhr in eine Waldlichtung hinein, gleich neben einer verlassenen Wassermühle. Wir stiegen aus und Cathy strahlte: »Ach, ist das schön hier! Steve, lass uns die Decke aus dem Auto holen und Picknick machen.« »O. k., Cathy, wir werden hier Pause machen und uns etwas stärken«, stimmte ich ihr zu.

Tommy war neugierig und ging zur Mühle, um zu schauen, ob man sich ein bisschen abkühlen konnte, und sagte: »Du, Steve, ich gehe baden. Wenn du mich suchst, ich bin bei der Mühle.« Ich sagte: »Ist in Ordnung, aber pass auf, dass dir nichts passiert.« Er nickte und war schnell in Richtung Bach verschwunden. Cathy hatte währenddessen die Decke und den Korb mit frischem Obst zurecht gemacht und es sich auf der Decke bequem gemacht. Die Hitze wurde immer unerträglicher und wir sahen uns in die Augen und irgendwie fühlten wir leidenschaftliche Liebe und nutzten es aus, dass Tommy nicht da war. Wir nutzten die

Stunde und liebten uns in einem wahren Rausch von Begierde.

Die Sonne hatte mittlerweile auch ihren höchsten Stand erreicht und sie brannte so heiß, dass man sich danach sehnte, seinen Körper abzukühlen. Cathy schlug vor: »Steve, lass uns schwimmen gehen. Ich glaube, das würde uns jetzt auch guttun.« »Ja, Cathy, das ist eine gute Idee. Wir liefen zur Mühle hinunter zum Bach, dorthin, wo auch Tommy sich wohl vergnügte. Aber als wir ankamen, sahen wir nichts von ihm, er war wie vom Erdboden verschlungen. Ich rief: »Tommy, wo bist du?!!«, aber es kam keine Antwort. Cathy und ich suchten das ganze Gelände ab und wir machten uns langsam Sorgen um Tommy. Ich sagte zu Cathy: »Er wird schon wieder auftauchen. Er wartet bestimmt schon am Auto.« Cathy schaute mich an und mit einem sanften Nicken stiegen wir aus dem Wasser. Wir nahmen unsere Sachen und gingen wieder zur Mühle, wo das Auto stand. Aber von Tommy war immer noch nichts zu sehen. So langsam machte ich mir jetzt aber ernsthafte Sorgen und wir suchten auch hier die Gegend ab. Cathy meinte zu mir, dass wir uns aufteilen sollten und so bessere Chancen hätten, Tommy zu finden. »Ist in Ordnung«, stimmte ich ihr zu, »ich suche die Mühle ab und du den Bach.« Cathy lief los und ich machte mich auf den Weg zur Mühle. Als ich mich der Mühle näherte, hörte ich eine innere Stimme, die mir sagte: »Schau nach dem Mühlenrad!« Ich merkte, dass die Luft und die Temperatur sich schlagartig änderten, obwohl es eine unerträgliche Hitze von über 30 Grad war.

Das erste Mal im Leben fühlte ich eine Angst in mir, die ich nicht beschreiben konnte, und folgte der Stimme, die aus dem Nichts kam. Als ich das Mühlrad sah, konnte ich es kaum glauben. Tommy saß fest. Er war zwischen den Holzbalken und dem Rad eingeklemmt. Er schrie verzweifelt: »Steve, das Rad kann sich jederzeit anfangen zu drehen, du musst in die Kabine klettern, um den Schalter zu deaktivieren!« Mir blieb nicht viel Zeit, das Rad zu stoppen. Unterdessen kam Cathy zurück und sah Tommy hilflos daliegen. Ich bat sie: »Versuch Tommy zu helfen, er ist eingeklemmt, ich kümmere mich um den Schalter.«

Der Schalter war an eine Zeitschaltuhr angeschlossen und das Mühlrad würde sich in wenigen Minuten zu drehen beginnen. Ich schaute, wo sich der Sicherungskasten befand, weil mir nicht mehr viel Zeit blieb. Cathy versuchte unterdessen, Tommy zu befreien, aber sie hatte nicht genügend Kraft. Tommy wurde plötzlich blass und dann ohnmächtig. Als ich aus der Kabine hinunterschaute, sah ich aus dem Augenwinkel einen Förster, der gerade auf dem Weg zur Mühle ging. Ich machte mich bemerkbar und schrie um Hilfe. Der Förster merkte sofort, dass was nicht stimmte, und rannte los. Ich zeigte ihm mit ein paar Handbewegungen, dass er zu Tommy gehen sollte. Er sah die Gefahr sofort und sprang in das Wasser zu Tommy und versuchte zusammen mit Cathy, ihn zu befreien.

Ganz versteckt oben in einer Regalecke befand sich der Sicherungskasten und in den letzten Sekunden, die mir noch geblieben waren, schaffte ich es gerade noch, den Schalter zu deaktivieren, so dass sich das Mühlenrad nicht mehr in Bewegung setzen konnte. In der Zwischenzeit konnte auch der Förster Tommy im aus der Zwangslage befreien. Mir fiel ein Stein vom Herzen, dass alles rechtzeitig geklappt hatte. Schweißgebadet und völlig ausgepumpt begab ich mich nach unten. Unterdessen kam auch Tommy wieder zu sich, schaute um sich herum und fragte, was los sei. Cathy liefen ein paar Tränen die Wange hinunter und sie sagte: »Tommy, ich bin so froh, dass du lebst. Alles wird wieder gut!« Tommy nickte nur, so kraftlos war er, und der Förster stützte Tommy mit seinem Arm und sagte: »Die Sonne geht bald unter. Ruht euch aus. Ich lade euch in mein Haus ein.« Wir fanden das eine gute Idee und fuhren mit dem Förster zu seiner Hütte. Er machte uns einen starken Kaffee und gab Tommy frische Sachen zum Anziehen. Cathy setzte sich ans Feuer und schaute verträumt in die lodernden Flammen. Ich setzte mich zu ihr und sagte: »Du wirst es nicht glauben, aber ich hörte wieder diese Stimme. Ohne diesen Hinweis hätte ich Tommy niemals gefunden, glaub mir, das war ein Wink des Himmels.«

Cathy hörte mir gespannt zu und streichelte meine Hand. »Wir werden das Geheimnis schon noch lüften und am Ende wird alles wieder gut«, sagte sie zuversichtlich. Wir saßen noch stundenlang am Feuer und schliefen dann bis zum nächsten Morgen durch.

Als der Morgen anbrach und die Sonne ihre ersten Strahlen schickte, wurde ich langsam wach und sah, wie Cathy in meinen Armen lag. Vorsichtig hob ich ihren Kopf von meiner Schulter herunter. Tommy schlief noch und der Förster war auch nicht da. Also stand ich auf, ging zum Tisch und sah dort einen Zettel liegen, worauf stand: »Ich wünsche euch eine gute Reise. Nehmt den Korb mit, den ich euch für eure Reise vorbereitet habe.« Der Tisch war gedeckt mit frischem Kaffee und viel Obst. Ich setzte mich hin und frühstückte erst einmal, bevor wir weiterfuhren. In der Zwischenzeit wachten Tommy und Cathy auf und setzten sich mit an den Tisch. Wir unterhielten uns und schauten währenddessen auf die Karte, um zu sehen, wie weit es noch nach City Orlando war. Tommy meinte: »Wenn wir jetzt losfahren, kommen wir in ungefähr vier Stunden an, wenn nichts dazwischenkommt.« Cathy nickte: »Lass uns unsere Sachen packen und losfahren.« Bis zum Auto brauchten wir gute zwanzig Minuten. Der Weg dorthin wurde immer schwieriger.

Der Sturm, der über Nacht hereingebrochen war, hatte manche Wege und Felder überflutet, so dass wir Umwege gehen mussten. Die Zeit lief uns davon und hofften, dass unser Auto nicht beschädigt worden war. Auf halbem Wege begegneten wir dem Förster und bedankten uns noch einmal für seine Gastfreundschaft. Der Förster sagte uns, dass wir falsch gehen würden, und er gab uns eine andere Route, die sicher war. Tommy schaute auf die Karte und meinte: »Wir müssten dann hier entlang über die Hängebrücke, die über eine große Schlucht führt.« Cathy schaute misstrauisch und ihr war nicht ganz wohl bei der Sache. Ich merkte, dass Cathy Angst hatte, und versuchte, ihr Sicherheit zu geben. Aber irgendwie spürte ich diese eisige Kälte in mir und meine innere Stimme sagte zu mir, dass wir nicht über die Brücke gehen sollten.

Ich sagte zu Tommy: »Tommy, lass uns einen anderen Weg nehmen, als der Förster gesagt hat. Er ist sicherer und zum Auto ist es nicht mehr weit. Tommy aber war neugierig und wollte unbedingt über die Hängebrücke. Da durchfuhr mich ein ahnungsvoller Gedanke und ich lief zur Brücke und schrie: »Tommy, die Brücke stürzt ein!!« Und im letzten Augenblick konnte ich Tommy zur Seite ziehen, als sich einige Felsbrocken aus dem Schlamm lösten und genau auf die Brücke stürzten. Tommy hing an einer Felswand fest und ich versuchte mit letzter Kraft, seine Hand zu erreichen und ihn hochzuziehen. Cathy blieb vor Schreck erstarrt stehen und konnte nicht glauben, was sie sah. Einige Minuten vergingen, bis wir wieder einigermaßen bei Kräften waren, und Tommy stieß hervor: »Steve, mein Freund, danke, dass du mich gerettet hast! Woher konntest du wissen, dass die Brücke einstürzen würde?« Ich erzählte Tommy von meinem Gedankenblitz und von dieser eisigen Kälte, die ich in mir gespürt hatte. Tommy war sprachlos und schüttelte nur den Kopf. Cathy war erleichtert, als sie mich und Tommy sah und dass wir wohlauf waren und keine Verletzungen davongetragen hatten. Als wir endlich zum Auto kamen, hatte die Sonne ihren mittäglichen Höchststand erreicht und ihre Strahlen erwärmten die Felder und Wege und trockneten den Boden völlig aus.

Wir stiegen in das Auto und fuhren aus dem Wald heraus zurück auf die Straße, die uns weiter in Richtung City Orlando führte.

Die Fahrt, die wir noch vor uns hatten, versprach sehr viel. Es war laut Karte nicht mehr weit und Cathy machte es sich bequem, stellte ihren Autositz zurück, kurbelte das Fenster herunter und genoss den warmen Sommerwind. Tommy war in das Tagebuch vertieft und ließ sich durch nichts stören. Ich konzentrierte mich weiter auf die Autofahrt und irgendwie machte ich mir schon darüber Gedanken, was uns in City Orlando noch erwarten würde. Nach zwei Stunden sahen wir ein Schild, worauf »Willkommen in City Orlando« stand. Ich konnte es kaum glauben, aber wir hatten unser Reiseziel erreicht. Ich war erleichtert und suchte nun nach der Adresse, die im Tagebuch stand. Leider konnte ich momentan nichts damit anfangen und so suchten wir uns ein Quartier, in dem wir übernachten konnten. Wir hielten an einer Gaststätte an. Ich parkte das Auto und stieg aus. Ich sagte zu Cathy und Tommy: »Kümmert ihr euch um das Gepäck. Ich versuche für uns ein Zimmer zu bekommen.« Mit verführerischem Blick nickte Cathy und sagte: »Für Tommy ein Einzel- und für uns ein Doppelzimmer.« Ich schaute Cathy in die Augen und ich konnte mir schon denken, was sie vorhatte.

Mit grinsendem Gesicht lachte ich zurück, drehte mich um und ging in das Haus hinein. Ich bestellte die Zimmer und ein Kofferträger schleppte unsere Sachen auf unsere Zimmer. Tommy wunderte sich, warum er ein Zimmer für sich bekommen sollte, aber er konnte sich schon denken, warum. Lachend schmunzelte er: »Steve, ich wünsche euch eine angenehme Nachtruhe und viel Spaß!« Cathy zwinkerte: »Den werden wir haben, Tommy. Schlaf du auch schön – und dann bis morgen früh.« Als wir in unserem Zimmer waren, sagte Cathy zu mir: »Steve, ich werde mal eben unter die Dusche springen und mich frisch machen. Ich antwortete: »Ja, mach das. Ich werde in der Zwischenzeit mal runter in die Lobby gehen und Auskünfte einholen. Vielleicht kennt ja einer der Angestellten die Adresse von Dana-Rina.«

Cathy zögerte nicht lange und verschwand im Bad. Ich packte mir das Tagebuch und die Schatulle unter den Arm, ging durch die Tür und lief die Treppe hinunter in Richtung Lobby. Ich fragte den Hotelportier nach der Adresse, aber er bedauerte: »Nein, es tut mir leid, aber wenn Sie den Gang weiter runtergehen, kommen Sie an einer Bibliothek vorbei, vielleicht haben Sie dort Glück.« Ich bedankte mich und suchte die Bibliothek auf, um dort weitere Informationen zu bekommen. Auf dem

Weg dorthin schaute ich mich nach Gegenständen um, die eventuell wichtig waren, fand aber nichts, was mir helfen konnte.

Als ich die Tür zur Bibliothek öffnete, war ich sehr erstaunt. Eine solch große Büchersammlung hatte ich noch nie gesehen. Sie war einzigartig und sehr ordentlich aufgeräumt. In einer Vase standen frisch erblühte Blumen und der Raum duftete nach Rosen. Ich setzte mich an einen Tisch, öffnete die Schatulle und holte die alten Bilder heraus. Als ich das Medaillon herausnahm, spürte ich wieder eine eisige Kälte in mir und als ich gerade gehen wollte, bemerkte ich, wie oben in Regal 2 ein Buch um-kippte. Ich erschrak sehr und mir lief der Schweiß die Stirn hinunter. Ich sah mir das Buch an, nahm es aus dem Regal und schlug die erste Seite auf. Es kam mir vor, als ob die Zeit stehen blieb, kein Ti-cken einer Uhr war zu hören und alles im Raum um mich herum war so still.

Ich war wie in Trance und konnte nicht mehr aufhören zu lesen, weil ich nun hoffen durfte, hier auf alle meine Fragen Antworten zu finden. Das Buch erzählte von einem Jungen, der seine Mutter von Geburt an nicht kannte und allein im Heim aufwuchs. Hintergründe und Bilder, die ich merk-würdigerweise kannte, machten mich nachdenklich.

Alles passte zusammen: das Buch, die alten Bilder, der Schlüssel und das Medaillon, sogar die Reisen, die ich unternommen hatte, waren da wortwörtlich aufgeschrieben. Jetzt wurde es mir klar: Ich war der kleine Junge, der seine Mutter verloren hatte und ins Heim gekommen war. Ich las noch einige Stunden in dem Buch und merkte gar nicht, dass es schon sehr spät war. Kein Mensch war mehr in der Bibliothek und am Ende des Ganges bereitete sich der Hotelportier auf die Nachtschicht vor.

Ich schloss das Buch, packte es mir unter den Arm und verließ die Lobby. Als ich an der Rezeption stand, fragte ich den Portier nach der Adresse des Kinderheimes, das hier im Ort sein sollte. Er überlegte einen Augenblick und entgegnete: »Ja, ich erinnere mich an das Kinderheim. Es liegt eine Stunde Autofahrt von hier entfernt, aber ich muss Ihnen sagen, dass dieses Heim nicht mehr existiert. Es wurde bei einem Feuer total zerstört. Man munkelt sogar, dass es Brandstiftung war, aber wer weiß das schon? Heute ist es eine Grabstätte mit einer kleinen Kapelle. Ich würde vorschlagen, Herr Menser, dass Sie jetzt schlafen gehen, Sie haben morgen einen anstrengenden Tag vor sich.« Ich sagte: »Ja, vielen Dank für die Info. Das werd ich machen. Ich wünsche Ihnen eine angenehme Nachtruhe.« Auf dem Weg zu meinem Zimmer rasten mir tausend

Gedanken durch den Kopf und ich hoffte, am folgenden Tag mehr herauszufinden.

Als ich vor der Tür stand und auf meine Uhr schaute, war es schon sehr spät geworden. Cathy lag bestimmt schon im Bett und schlief. So beschloss ich, mir noch einen Kaffee zuzubereiten, bevor ich dann auch zu Bett gehen wollte. Ich legte das Buch auf den Tisch und holte mir einen Kaffee aus der Lounge und machte dabei eine große Entdeckung. Als ich gerade in mein Zimmer zurückwollte, löste sich ein Bild von der Wand und fiel knallend auf den Boden. Ich ging wieder zurück und hob es auf. Als ich das Bild in den Händen hielt, wollte ich meinen Augen nicht trauen. Auf diesem Bild war das Kinderheim zu sehen, mit Datum aus dem 19. Jahrhundert. Ich sah eine junge Frau mit schönen Haaren und daneben einen kleinen Jungen, der ihre Hand hielt. Jetzt wusste ich, wo ich meine Kindheit verbracht hatte. Unten rechts war noch die alte Adresse zu sehen, wo das Kinderheim gestanden hatte.

Ich schrieb mir die Adresse auf einen Zettel und hängte das Bild wieder an die Wand. Ich fragte mich, warum das Bild gerade in diesem Augenblick heruntergefallen war? War es wieder ein Zeichen, das mir etwas sagen sollte? Ich versuchte meine Gedanken zu ordnen, aber ich war zu müde, um mich auf irgendetwas zu konzentrieren. Ich steckte den Zettel in meine Hosentasche, nahm meine Tasse Kaffee in die Hand und ging zurück auf mein Zimmer. Als ich die Tür öffnete, stand plötzlich Cathy in der Tür und fragte mit verträumtem Blick: »Steve, wo warst du denn solange? Ich habe dich vermisst.« Ich konnte ihrem Anblick nicht widerstehen, sie sah so hübsch und verführerisch aus. Ich sagte zu ihr: »Cathy, lass mich nur noch meinen Kaffee austrinken und dann können wir ins Bett gehen. Es war ein langer Tag heute.«

Cathy zwinkerte mit den Augen und verschwand noch einmal im Bad. Unterdessen trank ich meinen Kaffee aus, löschte das Licht, begab mich ins Schlafzimmer und zog mich aus. Ein paar Minuten später betrat Cathy das Zimmer, nur mit einem Negligé bekleidet, und beugte sich im Bett über mich. Cathy lächelte: »Steve, entspann dich, ich werde deinen Rücken ein wenig massieren.« Ich wusste, was auf mich zukam, und ließ mich fallen und genoss die Massage. Aber es blieb nicht nur dabei. Ihre Lust und Gier nach Liebe und Sex waren so stark, dass wir uns bis zum Morgengrauen liebten.

Am frühen Morgen klopfte Tommy an die Tür und rief fröhlich: »Guten Morgen, ihr Langschläfer, seid ihr schon wach?« Cathy hörte das Klopfen, stand auf und öffnete die Tür. »Pst... Steve schläft noch. Komm aber leise rein, ich geh ins Bad und werde ihn gleich wecken«, flüsterte sie. Tommy setzte sich an den Tisch und sah, dass dort ein Buch lag. Er nahm es an sich, schlug die erste Seite auf und fing an zu lesen. Unterdessen kam ich aus dem Schlafzimmer und sah, wie Tommy das Buch in der Hand hielt. Er begrüßte mich lachend: »Guten Morgen, Steve, na, was hast du denn getrieben? Noch ganz verschlafen siehste aus, war wohl eine lange Nacht mit Cathy?« Mit zurückhaltendem Blick lächelte ich ihm zu und entgegnete: »Was du wieder denkst ... Aber ich habe heute Nacht vieles gesehen und erlebt. Lass uns erstmal in der Lobby frühstücken, dann erzähl ich dir alles.« Als wir drei dann in der Lobby ankamen, warteten die Angestellten schon auf uns. Ich erzählte Tommy, was in der letzten Nacht passiert war, und auch Cathy hörte mir gespannt zu.

Während wir frühstückten, sah ich, wie der Portier telefonierte und etwas auf ein Blatt Papier schrieb. Minuten später kam er an unseren Tisch, steckte mir einen Zettel zu und begrüßte mich: »Guten Morgen, Herr Menser, ich habe mich über das Kinderheim informiert und habe Ihnen die Adresse aufgeschrieben. Ich wünsche Ihnen und

Ihren Freunden einen schönen Tag und viel Glück!« Ich nickte und sagte: »Vielen Dank und danke auch für die Adresse.« Ich steckte den Zettel ein und wir machten uns allmählich reisefertig. Wir packten unsere Sachen und Tommy bezahlte unsere Übernachtung und ging zum Auto. Dann fuhren wir los.

Die Sonne schien, es war kein Wölkchen am Himmel und es lag ein Duft von frischen Blumen in der Luft. Kinder spielten fröhlich auf den Wiesen und fleißige Bauern arbeiteten auf ihren Feldern. Im Auto sagte ich zu Tommy: »Hier ist die Adresse. Schau mal auf der Karte nach, wohin wir fahren müssen.« Tommy schlug die Karte auf und suchte nach dem Ort, der noch mehr als eine Stunde entfernt lag. Er hieß Olondo-Beach und lag in der Nähe zur Küste von City Orlando. Also machten wir uns auf den Weg und genossen die Landschaften, mal Berge, mal Täler. Ich wusste, dass ich meinem Ziel sehr nah war, und konnte es kaum erwarten, es zu sehen. Die Anspannung war mir ins Gesicht geschrieben und Cathy versuchte mich auf andere Gedanken zu bringen. Sie schaltete das Radio ein und sang fröhlich mit. Am Himmel zog ein Schwarm Vögel vorbei und das Glitzern des Wassers an der Küste nahm die schönsten Farben an. Als wir die Hälfte des Weges hinter uns hatten, sagte Cathy: »Steve, halte doch mal bitte an und lass uns eine kleine Pause machen. Ich muss mir mal die Füße vertreten.«

Ich setzte den Blinker und fuhr an einer kleinen Weggabelung an den rechten Straßenrand. Cathy stieg aus dem Wagen und ging einen kleinen Weg hinunter, der zu einem Bach führte, der aber sehr steil nach unten abfiel. Tommy und ich blieben am Auto stehen und warteten auf Cathy. Unterdessen war Cathy am Rande einer Klippe stehen geblieben und beobachtete die Natur. Im rechten Augenwinkel sah sie eine ältere Frau, deren Haare mit einem Kopftuch bedeckt waren und die einen Korb, gefüllt mit frischen Pilzen, mit sich trug. Cathy beachtete sie nicht weiter und schaute wieder in die Landschaft. Als sie aber merkte, dass die alte Frau ihr immer näher kam, bekam sie es mit der Angst zu tun.

Die alte Frau spürte, dass etwas geschehen würde, und sagte zu Cathy: »Ich habe frische Pilze in meinem Korb. Möchtest du welche haben?« Cathy schaute sie erstaunt an und wie in Hypnose ging sie auf sie zu. In diesem Augenblick löste sich ein Felsbrocken von der Klippe und Cathy konnte im letzten Moment zur Seite springen. Cathy sagte zu der alten Frau: »Ich weiß nicht, wie das passieren konnte. Wenn Sie nicht gewesen wären, wäre ich jetzt tot.« Woher wusste die alte Frau, dass Cathy in

Gefahr gewesen war, so dass sie sie rechtzeitig warnen konnte? War es Glück oder Zufall? Cathy bedankte sich bei der alten Frau und bekam den Korb mit frischen Pilzen geschenkt. Cathy drehte sich kurz um und schon war die alte Frau weg. Cathy begann zu suchen, aber sie war nirgendwo aufzufinden. Um nicht noch mehr Zeit zu vertrödeln, lief sie schnell wieder zum Auto, wo Tommy und ich schon auf sie warteten. Ich sah, dass Cathy ganz aufgelöst und durcheinander war, und ich fragte mich, was wohl passiert war.

Cathy war ganz außer Atem, als sie ankam und keuchte: »Steve, Tommy, habt ihr hier eine alte Frau vorbeikommen sehen?« Steve antwortete: »Nein, was für eine alte Frau?« Cathy sagte: »Na, die alte Frau, die mir das Leben gerettet hat.« Sie erzählte, was sie erlebt hatte, und Tommy war sprachlos und ich war entsetzt. Ich dachte mir schon, wer diese Frau war, aber ich ließ es mir nicht anmerken. Um Cathy wieder zu beruhigen, nahm ich sie in den Arm: »Alles wird wieder gut, Cathy. Vertrau mir.« Meine Worte machten sie sichtlich glücklich und gaben ihr wieder Mut. »So lasst uns weiterfahren, sonst kommen wir gar nicht mehr an, wir haben schon ziemlich viel Zeit verloren«, warf ich ein. Es war nun nicht mehr weit. Nach ungefähr einer halben Stunde könnten wir am Ziel sein.

Von Weitem sahen wir schon das Ortsschild Olondo-Beach und fuhren nun zur gesuchten Adresse. Der Ort war nicht sehr groß und ich sah die Kapelle, die sich hinter einem Hügel verbarg, wo damals das Kinderheim gestanden hatte. Wir hielten an und stiegen aus dem Auto, schauten uns um und hofften, hier die Antworten zu finden. Etwas weiter entfernt sahen wir die Grabstätte und einen Priester, der gerade von einer Messe kam. Der Priester sah uns, kam auf uns zu und fragte: »Schönen guten Tag, kann ich Ihnen helfen? Ich bin Luicci Gardone, der Priester hier im Ort.« Steve antwortete: »Hallo Herr Gardone, mein Name ist Steve Menser, das ist mein Freund Tommy und das ist meine Freundin Cathy. Wir kommen aus Small Town City und wir suchen eine Dana-Rina, geborene Julas. Kennen Sie die Frau? Der Priester sagte: »Ja, ich kenne sie. Sie war eine sehr hübsche Frau, ist aber ist leider umgekommen, als damals das Kinderheim abgebrannt ist. Sie gab ihr eigenes Leben hin, um ein fremdes zu retten, sie war eine mutige Frau.« Ich zeigte dem Priester die Schatulle mit den Bildern und auch das Medaillon sowie das Tagebuch. Der Priester nickte und zeigte mir dann etwas, was ich schon lange gesucht hatte. Wir gingen ein Stück des Weges zu einer Stelle, wo der Frau zum Dank ein Denkmal gebaut worden war.

Daneben lag ihr Grab. Ich sah das Grab und kniete davor. Da stand in großen Buchstaben »Dana-Rina, geb. Julas, 1898«. Der Priester sagte zu mir: Steve, das ist deine Mutter, sie hat dich geliebt und beschützt in all den Jahren.«

Mir kullerten die Tränen die Wangen hinab und irgendwie konnte ich es nicht glauben. Cathy und Tommy trösteten mich und wir legten frische Blumen auf das Grab.

Hiermit war unsere Reise beendet und wir fuhren wieder nach Hause. Die ganze Fahrt über war es sehr still im Auto, keiner wollte etwas sagen. Cathy machte das Radio an, um ein wenig Musik zu hören. Als wir spätabends in Small Town City ankamen, sahen wir in der untergehenden Sonne den Qualm aus Fabrikschornsteinen strömen und Arbeiter, die sich auf ihre Nachtschicht vorbereiteten und auf den Wege zur Arbeit machten. Dieser Ort kam uns so fremd vor, einige Häuser und Straßen waren abgerissen und neu gebaut worden und der Laden an der Straßenecke, in dem die alte Frau gearbeitet hatte, war nun ein schoner Park geworden. Als wir zu Hause ankamen, brauchte ich einen Moment für mich, um alles das Revue passieren zu lassen, was geschehen war. Tommy stieg aus dem Wagen und sagte: »Steve, wir sehen uns morgen in alter Frische. Schlaf dich erstmal richtig aus.« Ich stimmte Tommy zu: »Ja, das mach ich, du aber auch – bis morgen!«

Tommy überquerte die Straße und verschwand. Cathy war auch sehr müde von der Fahrt und so gingen wir hoch in meine Wohnung. Der Flur war wie immer gebohnert und es roch nach Bohnerwachs. Es war ein schönes Gefühl, wieder daheim zu sein. Ich schloss die Tür auf und schmiss meine Klamotten in die Ecke und machte mir erst einmal einen starken Kaffee. Cathy ließ sich Badewasser ein und verschwand im Bad. Die Abendsonne warf noch einige Strahlen auf den Balkon und ich nutzte die Ruhe aus und machte es mir gemütlich. Immer wieder schaute ich hinüber zum Laden und meine Gedanken ließen mich nicht los. Cathy kam aus dem Bad und setzte sich zu mir und hielt meine Hand. Sie flüsterte mir ins Ohr, dass sie mich liebe und dass sie ein Kind bekomme. Ich schaute sie an und gab ihr einen langen zärtlichen Kuss. Dann liebten wir uns auf dem Balkon und schliefen dann ein.

Am frühen Morgen wachte ich auf und glaubte, alles geträumt zu haben, aber es war kein Traum. Alles war beim Alten geblieben. Leute, die ihrer Arbeit nachgingen, und Kinder, die zur Schule mussten, waren froher Dinge. Plötzlich klingelte das Telefon. Ich stand auf, lief zum Telefon und nahm ab: »Hallo, Sie sprechen mit Steven Menser.« Am anderen Ende der Leitung war mein Chef, der mich fragte, wie es mir gehe und ob ich bald wieder arbeiten könne. Ich sagte: »Ja, morgen bin ich wieder da, denn mein Urlaub ist ja auch vorbei.« Er freute sich und wir beendeten das Gespräch. Cathy sagte: »Steve, was hältst du davon, wenn ich bei dir einziehe? Ich werde meine Sachen packen, aber erst zum Arzt zur Untersuchung gehen. Ich fand das eine tolle Idee und brachte sie zum Arzt und machte anschließend einen Abstecher zu Tommy.

Als ich vor Tommys Wohnung stand, um ihm die Neuigkeit zu erzählen, machte er nicht auf. Ich ging wieder hinaus und lief nach hinten zum Garten. Auch da war er nicht zu finden und so gab es nur noch eine Möglichkeit, wo er sein konnte.

Ich lief zum Auto und fuhr in Richtung Waldsee, der etwas außerhalb der Stadt lag.

Tommy hatte dort ein kleines Bootshaus am See und nur da konnte ich ihn finden. Ich lag mit meinen Vermutungen richtig. Als ich von der Straße rechts in den Waldweg fuhr, sah ich dort schon von Weitem sein Auto stehen. Ich parkte mein Auto und suchte einen Schattenplatz unter einem Baum. Als ich zum Bootshaus kam, war niemand dort und so ging ich weiter in Richtung Bootssteg.

Von Weitem sah ich Tommy, wie er sein Ruderboot reparierte, das damals vom Blitz getroffen worden war und noch völlig zerstört aussah. Ich rief ihm fröhlich zu: »Tommy, weißt du schon das Neueste?« »Ne, was denn?«, fragte er zurück. »Cathy wird bei mir einziehen und ich werde Vater! Ist das nicht toll?«, jubelte ich. Tommy gratulierte: »Na, das find ich klasse. Herzlichen Glückwunsch euch beiden!« Ich bedankte mich und fragte Tommy, ob ich ihm irgendwie helfen könne. Tommy meinte: »Ja gern. Geh mal zum Bootshaus und hol mir mal neue Bretter und Nägel, damit wir das Boot wieder flottbekommen.«

Ich besorgte das Material für Tommy und wir hatten viel Spaß an diesem Tag.

Als wir fast fertig waren, schaute ich auf die Uhr und sah, dass es schon sehr spät geworden war. Ich sagte zu Tommy: »Ich muss los, Cathy abholen. Vielleicht sehen wir uns später, sagen wir so gegen zwanzig Uhr im Café bei Fredo.« Tommy sagte: »O. k., bis heute Abend und schönen Gruß an Cathy.« »Ja, werde ich ausrichten!«, rief ich im Weggehen. Ich musste mich beeilen und wollte Cathy nicht allzu lange warten lassen. So gab ich ordentlich Gas. Als ich wieder in die Stadt hineinfuhr, hielt ich noch schnell beim Supermarkt an, um für den Abend etwas zu essen und zu trinken einzukaufen. Als ich alles eingepackt hatte, wartete Cathy schon geduldig auf mich. Als ich am Krankenhaus ankam, öffnete ich Cathy die Autotür und an ihrem Lächeln im Gesicht konnte ich ablesen, dass mit ihr und dem Baby alles in Ordnung war.

Es dauerte nicht lange und wir waren zu Hause. Ich parkte das Auto im Hinterhof, nahm die Einkaufstaschen heraus und schloss das Auto ab. Cathy ging schon voraus. Im Flur roch es wie immer schon von Weitem nach diesem Bohnerwachs, das frisch auf dem Boden verteilt worden war. Ich holte die Werbung und die Briefe aus dem Postkasten und steckte alles in meine Tasche. Vollgepackt wie ein alter Esel ging ich die Treppe hinauf und war froh, als ich oben angekommen war. Cathy packte schon einige Taschen aus und verstaute die Lebensmittel in den Schränken.

Cathy fragte mich, ob ich einen Kaffee haben wollte, und ich sagte: »Ja, gerne«, zog meine Jacke aus und nahm die Post und die Werbung aus der Tasche. Ich setzte mich auf den Balkon und las die Werbung und die verschiedenen Schreiben. Cathy brachte mir meinen Kaffee und schaute dann auch in die Werbeprospekte.

So nebenbei fragte ich Cathy, was sie am Abend noch vorhabe. Sie meinte: »Du, Steve, ich werde nach dem Abendessen in meine Wohnung gehen und schon mal ein paar Kisten zusammenpacken.« Ich sagte: »Das passt ja prima, weil ich mich nachher mit Tommy in Fredos Café treffen werde.« Cathy war nicht sehr überrascht und hatte nichts dagegen. Sie ging zurück in die Küche und bereitete das Abendessen vor. Als ich so auf dem Balkon saß und in die Gegend schaute, beobachtete ich eine Frau, die aus ihrem Auto ausstieg und in Richtung des Parks ging, dahin, wo damals der Laden gestanden hatte. Mir kam es so vor, als ob sie etwas suchte, aber es nicht finden konnte. Mir kam es schon sehr merkwürdig vor und so rief ich vom Balkon herunter: »Hallo, kann ich Ihnen helfen?« Die Frau nickte und sagte: »Ja, ich suche einen Laden, in dem eine ältere Frau gearbeitet hat. Kennen Sie die alte Dame?« »Warten Sie, ich komme herunter«, gab ich aufgeregt zurück, schnappte mir meine Jacke und lief hinunter zur Straße.

Ich sah die Frau zum ersten Mal hier in Small Town. Meine Neugier war groß und ich fragte sie, warum sie an dem Laden so interessiert war. Die Frau stellte sich mir vor:

»Hallo, mein Name ist Josefine Brückner, ich arbeite für die Tageszeitung »Abendblatt« und soll hier ein Interview machen.«

Ich sagte zu der Frau: »Das tut mir leid, der Laden existiert nicht mehr und die alte Frau ist gestorben. Der Laden war schon sehr alt und baufällig. Darum wurde er abgerissen und wie Sie sehen, ist ein schöner Park daraus entstanden.« Sie fragte mich, ob es in Ordnung sei, das Interview mit mir zu führen. Ich willigte ein und lud sie zu einem Kaffee zu mir in meine Wohnung ein. Sie war einverstanden und wir gingen hinauf in meine Wohnung.

Cathy hatte uns vom Balkon aus beobachtet. Als ich klingelte, war sie schon an der Tür und öffnete sie. Ich sagte zu ihr: »Darf ich vorstellen, das ist Frau Brückner vom »Abendblatt«. Frau Brückner, das ist Catrin Taylor, meine Freundin.« »Sehr angenehm, Frau Taylor«, gab die Reporterin zurück und Cathy meinte: »Sagen Sie Cathy, alle meine Freunde nennen mich so.«

»Und ich bin Steven Menser, sagen Sie ruhig Steve«, ergänzte ich. »Das freut mich, euch beide kennenzulernen«, war die Antwort. Cathy fragte: »Bleiben Sie zum Essen? Wir würden uns sehr freuen.« »Sehr gerne, wenn es keine Umstände macht«, gab Josefine freudig zurück. »Nein, Sie sind herzlich willkommen und so wie ich Steve kenne, hat er Tommy auch eingeladen.«

Ich fing an zu lachen, denn schon klingelte es an die Tür. Es war Tommy, der mich abholen wollte. Ich sagte zu Tommy: »Komm erstmal rein, wir haben noch Besuch und außerdem wollen wir gerade was essen.« Tommy hatte schon gesehen, dass Cathy auch für ihn gedeckt hatte, so konnte er nicht mehr nein sagen. Er zog seinen Mantel aus und setzte sich zu Frau Brückner an den Tisch. Tommy war sehr höflich und stellte sich vor, wie es sich für einen Gentleman gehört. Man sah Tommy an, dass seine Blicke nur Josefine galten. Irgendwie hatte ich das Gefühl, dass er sich verliebt hatte. Als wir mit dem Essen fertig waren, sagte Josefine: »Vielen Dank für das Essen und das Interview, Steve. Ich werde meinen Bericht heute noch fertigschreiben und Sie können ihn morgen in der Zeitung lesen.« Tommy fragte nach Josefines Telefonnummer und sie schrieb sie auf einen Zettel und gab sie Tommy in die Hand. Ich begleitete Josefine noch bis zur Tür und bedankte mich bei ihr. Tommy stand unterdessen schon auf dem Balkon und schaute Josefine nach, wie sie in ihr Auto stieg und wegfuhr.

Tommy staunte nicht schlecht und war Feuer und Flamme. »Was für eine Frau! Werde sie morgen gleich besuchen und fragen, ob sie mit mir ausgehen möchte«, sprudelte es aus ihm heraus. Ich sagte zu Tommy: »Apropos ausgehen, bist du fertig? Dann lass uns los.«

Cathy wünschte uns einen schönen Abend, räumte noch den Tisch ab und erledigte den Abwasch. Während Tommy und ich einige Zeit bei Fredo saßen und Männergespräche führten, machte Cathy sich auch langsam startklar. Morgen war ja der große Tag und sie freute sich auf die gemeinsame Wohnung mit mir. Es wurde sehr spät. Cathy ging schon schlafen, weil Tommy und ich kein Ende fanden. Tommy schaute auf die Uhr und sagte: »Steve, es ist schon nach zwei Uhr. Musst du morgen nicht arbeiten? Cathy wartet bestimmt auch schon.« »Ja, Tommy, du hast recht. Wir sehen uns nachher, komm gut nach Hause«, pflichtete ich ihm bei. Tommy ging nach Hause und ich auch. Angekommen stieg ich ganz leise die Treppe hoch, öffnete die Tür und schlich mich ins Schlafzimmer.

Am anderen Tag zog Cathy zu mir und richtete die Wohnung ein. Ich ging wie jeden Tag zur Arbeit und freute mich auf den Feierabend und auf Cathy, die jedes Mal liebevoll ein Gericht gezaubert hatte, um mich zu verwöhnen. Tag für Tag wuchs das Baby immer mehr und meine Vatervorfreude wurde immer größer. Der Alltag kehrte wieder ein. Ich schaute und blätterte in der Zeitung, um zu sehen, ob es Neuigkeiten gab, aber es stand wieder einmal nichts Besonderes darin. Als ich die Autoreklame und vor allem die Wohnungsanzeigen sah, schaute ich Cathy an und fragte sie: »Sag mal, Cathy, was hieltest du davon, wenn wir in eine größere Wohnung umzögen?« Sie schaute mich an und meinte: »Ach Steve, ich möchte hier nicht weg, die Wohnung ist doch so schön und gemütlich. Nur weil wir bald zu dritt sind, heißt das doch nicht, dass die Wohnung zu klein für uns ist.« Ich setzte nach: »Cathy, ein Haus mit einem kleinen Garten, das wäre doch was und außerdem kannst du dann wieder deinem Hobby als Blumengärtnerin nachgehen.« Ich sah ihren Blick und der sagte mir, dass es kein Zweck hatte zu insistieren, also gab ich lächelnd auf. Als ich gerade die Zeitung zuklappen wollte, sah ich eine Anzeige mit dem Hinweis, dass am folgenden Samstag ein großer Flohmarkt im Park stattfinden würde. Ich überlegte nicht lange und ging nach den Essen in den Keller hinunter.

Hier lag so viel Gerümpel herum, dass sich schon ein Berg aufgetürmt hatte. Ich schlug meine Hände über dem Kopf zusammen und fragte mich, wo ich soll ich bloß anfangen sollte. Ich sah keinen Anfang und kein Ende, aber eins wusste ich: Die Trödelsachen mussten weg, damit wieder Platz im Keller war. Also stellte ich mein Auto vor den Kellereingang und packte den Trödel in das Auto. In diesem Moment fiel mir ein, dass ich ja Tommy anrufen könnte, ob er nicht auch Lust hatte, mit mir am Samstag auf den Trödelmarkt zu gehen. Ich schnappte mir mein Handy und rief ihn an. Im selben Moment kam Tommy um die Ecke und sah, dass ich einige Sachen ins Auto packte. Tommy rief von Weitem: »Hallo Steve, kann ich dir helfen?« Ich war froh über jede Hilfe, die ich bekommen konnte, und sagte: »Hallo Tommy, wollte dich gerade anrufen, aber das hat sich ja nun erledigt. Könntest du die anderen Sachen aus dem Keller holen und sie hierherbringen? Wir packen das Auto voll für den Trödelmarkt am Samstag und wenn wir fertig sind, gehen wir nach oben und trinken ein Bier, das haben wir uns dann redlich verdient.«

Als wir alles verpackt hatten, gingen wir hoch in die Wohnung und machten es uns auf dem Balkon bequem. Cathy räumte den Tisch ab und machte sich an den Abwasch. Unterdessen unterhielten wir uns über die Ereignisse der letzten Tage und keiner von uns beiden wollte es so richtig glauben. Tommy fragte mich, ob ich meine Mutter vermisse. Mit dieser Frage konnte ich nicht allzu viel anfangen, weil ich sie ja nicht einmal gekannt hatte. Ich sagte zu ihm: »Ich glaub schon, sie war ja eine tolle Frau mit einem starken Charakter und ich bin stolz darauf.« Tommy nickte und nahm einen Schluck aus seiner Bierflasche. Als Cathy in der Küche fertig war, kam sie zu uns und setzte sich auch auf den

Balkon. Ich sagte ihr: »Tommy und ich werden morgen auf den Trödelmarkt gehen und das, was wir im Keller haben, verkaufen. Und von dem Geld kaufen wir was für unser Baby.« Cathy fand die Idee gut und fing an, sich Notizen zu machen.

Die Abendsonne sank in Richtung Horizont und verschwand so langsam hinter den aufgeheizten Schornsteinen. Tommy trank sein Bier aus, verabschiedete sich und ging nach Hause. Cathy brachte uns beiden eine Decke, weil uns etwas kühl geworden war. Wir kuschelten uns ein und träumten in den Sonnenuntergang hinein. Am nächsten Tag war es dann soweit. Ich wurde vom Straßenlärm wach, der vom Park gegenüber dröhnte. Ich schloss das Fenster und ging leise aus dem Schlafzimmer hinaus, weil Cathy noch fest schlief und ich sie nicht wecken wollte. Ich machte mir einen Kaffee, zog mich an, schaute aus dem Fenster und sah, dass es ein schöner, sonniger und warmer Tag werden würde. Ich trank meinen Kaffee aus und nahm die Autoschlüssel vom Bord und verließ die Wohnung. Als ich die Treppe hinunterlief, roch es im Hausflur wieder nach frischem Bohnerwachs. Ich freute mich schon auf den schönen Tag und hoffte, dass ich an diesem Tag viel auf dem Trödelmarkt verkaufen konnte. Als ich ankam, tummelten sich schon viele Leute im Park. Um einen guten Platz zu bekommen, hätte ich wohl früher aufstehen müssen. Von Weitem sah ich Tommy. Er winkte mir zu und ich sah, dass er mir einen Platz reserviert hatte. Ich fuhr mit dem Auto zu dem freien Stellplatz und packte unseren Trödel aus.

Tommy baute unterdessen den Stand auf und stellte alles auf den Tisch. In der Zwischenzeit wurde es immer voller im Park und die Stände wurden immer zahlreicher. Als wir fertig aufgebaut hatten, stellte ich meinen Liegestuhl auf, setzte mich hinein und beobachtete die Leute, wie sie fröhlich ihren Trödel kauften und verkauften. Tommy schaute auch und sagte: »Steve, sag mal, bist du dir sicher, dass du die Schatulle und das Medaillon mit dem Schlüssel verkaufen willst?« Ich antwortete: »Ja, warum nicht? Ich brauch es nicht mehr und außerdem würde es mich immer wieder daran erinnern. Ich möchte alles in Erinnerung behalten, so wie es war.« Tommy schaute etwas ratlos drein, aber irgendwie konnte er es verstehen. Es war noch früh am Vormittag und wir hatten bis jetzt noch nichts verkauft.

Die Sonne hatte ihren höchsten Stand noch nicht erreicht, aber die Temperaturen kletterten schon in die Höhe. Die Sonnenstrahlen drängten sich durch die Wolkenlücken und ein Vogelschwarm zog vorbei. Es war ein schönes Schauspiel am Himmel, das mich etwas ablenkte und mich vor mich hinträumen ließ. Gegen die Mittagzeit klingelte mein Handy. Cathy war am anderen Ende und fragte mich, ob sie etwas zum Essen vorbeibringen sollte. Ich sagte zu ihr, dass Tommy und ich uns darüber freuen würden. Etwas später brachte Cathy einen großen Korb mit leckerem Essen. Sie setzte sich zu uns und half beim Verkaufen, währenddessen wir unseren Hunger stillten.

So langsam kam Bewegung auf den Trödelmarkt und viele Leute standen an unserem Tisch. Ich sah, dass Cathy etwas im Stress war, und half ihr beim Verkaufen. Cathy konnte nicht mehr so lange stehen und musste eine Pause einlegen; denn Stress war wegen der Schwangerschaft nicht gut für sie. Ich sagte zu ihr: »Ruh du dich ein bisschen aus, Tommy und ich schaffen das schon.« Tommy ergänzte: »Na klar, wir sind Profis«, lächelte und machte sich an die Arbeit. Mittlerweise war es so warm geworden, dass Cathy aufstand und sich ein schattiges Plätzchen suchte. Drei Meter vom Verkaufsstand entfernt sah Cathy einen kleinen Hügel, wo das Blätterdach eines Baumes die warmen Sonnenstrahlen abhielt und Schatten spendete. Ich sah, dass Cathy es sich gemütlich machte und sie zufrieden war. Das machte mich sehr glücklich. Tommy hatte auch seinen Spaß beim Verkaufen und die

Zahl unserer Artikel auf dem Tisch wurde immer kleiner. Ich sagte so zu mir: ‚Gut, dass heute Flohmarkt ist und wir gut verkauft haben.'

Am späten Nachmittag bezog sich der Himmel mit grauen Wolken und die Hitze war nun nicht mehr so stark. Ich schaute hoch zum Himmel und ich merkte diese schwüle Luft und dass sich ein Gewitter zusammenbraute. Mein Stand war inzwischen fast leer, außer der Schatulle, dem Schlüssel und dem Medaillon, die noch auf dem Tisch lagen. Ich sagte zu Tommy: »Lass uns so langsam zusammenpacken. Es wird gleich ein Gewitter geben und bevor alles noch nass wird …« Tommy meinte: »Ja, ist in Ordnung. Ich hole die leere Kiste vom Auto. Bin gleich wieder da.«

Gerade als Tommy verschwunden war, um die leere Kiste zu holen, sah ich im rechten Augenwinkel eine ältere Frau, bekleidet mit einem alten und zerrissenen Rock, und auf dem Kopf trug sie ein Kopftuch. Sie sah meinen Stand und kam direkt auf mich zu und sagte: »Schönen guten Tag, junger Mann, kann man bei Ihnen diesen Trödel noch kaufen. Ich interessiere mich für die schöne Schatulle und das Medaillon.« Tommy sagte: »Natürlich sind diese Sachen zu verkaufen, wenn Sie gerne die Schatulle haben möchten und das Medaillon, schenke ich Ihnen beides.«

Ich sah, dass sie nicht viel Geld hatte und ihre Hände und der ganze Körper zitterten. Ich fragte sie, wo sie herkomme. »Ich komme von weit weg und habe niemanden«, antwortete sie leise. Die alte Frau tat mir leid und ich schenkte ihr den Korb mit dem restlichen Essen, weil sie sehr verhungert aussah. Also packte ich alles, was ich noch auf dem Tisch hatte, in den Korb und gab ihn ihr zusammen mit dem Trödel.

Die alte Frau weinte und sagte: »Junger Mann, Gott wird dir auf ewig dankbar sein. Möge er dich und deine Freundin mit ihrem Baby beschützen.« Ich hörte die Worte und war sprachlos und fragte mich, woher die alte Frau von Cathy und dem Baby wusste und warum sie den restlichen Trödel haben wollte. Alles das war mir wieder einmal ein Rätsel. Als ich mich umschaute, um zu sehen, wo Tommy blieb, war die alte Frau wie von Geisterhand verschwunden. Ich sah mich überall um, aber es gab keine Spur von der alten Frau. Ich kratzte mich am Hinterkopf und versuchte die Wahrheit zu verdrängen. Einige Standbesitzer bauten schon ihre Stände ab und die Leute im Park gingen nach Hause. Unterdessen wurde Cathy wach und schaute nach mir, der ich immer noch am Verkaufstisch stand. Ich sagte zu ihr: »Für heute ist Schluss, geh du nach Hause. Tommy und ich bauen nur noch ab, dann kommen wir hinterher.«

Cathy nickte und meinte: »Wo ist denn der Korb? Hast du den mit verkauft?« »Ja, Cathy, eine alte Frau hat den restlichen Trödel mitgenommen und auch den Korb.« Mit zufriedenem Lächeln gab sie mir einen Kuss und ging hinüber zur anderen Straßenseite.

Ich war fast fertig, da fing es schon an zu grummeln und kleine Regentropfen fielen schon aus den Wolken. Ich fragte mich nur, wo Tommy so lange blieb. Kaum hatte ich das gedacht, erschien er auch schon, völlig außer Atem und mit der Kiste in der Hand. Tommy staunte und sah, dass von dem Trödel nichts mehr übrig geblieben war. Tommy sagte: »Nun, Steve, so wie es aussieht, haben wir gut verkauft. Sogar die Schatulle und dass Medaillon sind weg, du Glückspilz.« Ich sagte nichts dazu und nickte nur.

Wir gehörten zu den Letzten, die noch mit Abbauen beschäftigt waren, und der Himmel verdunkelte sich immer mehr. Wir schafften es gerade noch rechtzeitig, die Wohnung trocken zu erreichen. Danach fing es dann richtig an. Ein Blitz zuckte vom Himmel und es goss wie aus Eimern. Cathy schaltete das Radio an und in den Nachrichten kam die Meldung: »Liebe Bürger von Small

Town. Bleiben Sie in Ihrer Wohnung und gehen Sie nicht nach draußen. Ein Orkan mit einer Geschwindigkeit von bis zu 200 km/h wütet draußen. Verschließen Sie alle Fenster und Türen, soweit es möglich ist. Weitere Meldungen folgen später.« Plötzlich fiel der Strom aus und wir erschraken. Wir saßen ganz still und lauschten dem heulenden Wind. Cathy versuchte es uns gemütlich zu machen, holte eine Kerze aus dem Schrank, stellte sie auf den Tisch und zündete sie an.

Im Hintergrund lief das Radio immer noch, bis die nächste Meldung kam: Alarm für die Feuerwehr. Ein Auto war gegen einen Strommasten gefahren. Eine Frau Brückner, etwa 25 Jahre alt, sei in absoluter Lebensgefahr. Tommy sprang auf und schrie: »Steve, das ist Josefine! Wir müssen helfen!« »Tommy, es ist zu gefährlich, bei diesem Sturm rauszugehen, wir würden es nicht schaffen«, wandte ich ein. Tommy aber überlegte nicht lange, zog seine Jacke an und stürmte aus dem Haus. Ich schaute Cathy an und sagte zu ihr: »Cathy, ich muss hinterher. Tommy ist mein Freund, ich lass ihn nicht im Stich!«

Cathy stimmte mir zu: »Ja, Steve, geh ruhig. Ihr werdet es schon schaffen. Pass auf dich auf und melde dich, wenn es was Neues gibt.« »Ja, werd ich machen«, versprach ich ihr und stürmte auch aus dem Haus und konnte Tommy noch rechtzeitig einholen. Der Unfall war nur drei Straßenblocks weiter passiert und wir waren schnell da. Aber was wir sahen, war kein schöner Anblick. Josefine war zwar bei Bewusstsein, aber sie konnte sich nicht bewegen, geschweige denn aus dem Auto kommen. Bei jeder falschen Bewegung könnte sie ein tödlicher Stromschlag treffen. Ich überlegte, wie wir das Stromkabel, das auf dem Autodach lag, wegräumen konnten. Der Sturm wurde immer stärker und der Regen peitschte mir ins Gesicht. Tommy hatte eine Idee und versuchte das Kabel mit einer Klammer zu befestigen, aber wir brauchten einen dritten Mann, zu zweit würde es nicht funktionieren. Plötzlich hörte ich eine Stimme und schaute mich um, aber ich sah niemanden. Ich dachte mir, dass mich der heulende Wind getäuscht hatte. Doch auf einmal sah ich, wie das Kabel sich von alleine vom Autodach bewegte und das Auto zu rollen anfing, so dass es sich nicht mehr in der Gefahrenzone befand.

Tommy war überglücklich, dass Josefine der Gefahr entronnen war und er zu ihr gehen konnte. Er half Josefine aus dem Auto und trug sie zur anderen Straßenseite, wo sie in Sicherheit war.

Unterdessen traf auch die Feuerwehr ein und stellte den Strom ab, so dass niemand mehr gefährdet war. Der Krankenwagen nahm Josefine mit und Tommy fragte, ob er mitfahren dürfe. Die Ärzte hatten nichts dagegen. Ich machte mich wieder auf den Heimweg, durchnässt und völlig entkräftet.

Aber irgendwie schaffte ich es doch noch bis zur Haustür, als ob mir jemand geholfen hätte. Ich sah etwas im Regen, die Umrisse einer menschlichen Gestalt. Aber vielleicht hatte ich mir auch alles nur eingebildet. Cathy half mir nach oben in die Wohnung und zog mir die Kleidung aus und ließ mir heißes Badewasser ein. Es dauerte nicht lange, da hatten wir wieder Strom und Cathy kochte mir erst einmal einen starken Kaffee.

Als ich in der Wanne lag, klingelte das Telefon. Cathy nahm ab und sagte: »Hallo, hier ist Catrin Taylor, mit wem spreche ich?« »Hallo Cathy? Hier ist Tommy. Sagst du bitte Steve, dass alles soweit in Ordnung ist. Josefine geht's gut, sie hat eine leichte Gehirnerschütterung und einige kleine Kratzer. Ich werde über Nacht bei ihr bleiben, wir sehen und hören uns morgen – bis bald.« »Ja, bis dann und richte ihr bitte schöne Grüße von mir aus!«, beendete Cathy das Telefonat und kam zu mir ins Bad.

Ich fragte, wer das am Telefon gewesen sei. Cathy berichtete, was Tommy ihr erzählt hatte. Nach einigen Stunden ließ der Sturm etwas nach und das Gewitter zog weiter. Im Radio wurde wieder Entwarnung gegeben und man konnte die Fenster und Türen wieder öffnen. Ich war so müde und legte mich ins Bett, um einmal bis zum nächsten Morgen auszuschlafen.

Als es Tag wurde, sah man das ganze grauenhafte Ausmaß der Verwüstung. Der Sturm hatte einige Bäume und Dächer abgerissen und die umgekippten Mülleimer verstreuten zusammen mit dem Wind den Müll in der ganzen Umgebung. Eine Putzkolonne war schon sehr früh auf den Beinen und sorgte für Sauberkeit im Park und auf den Straßen. Ich wurde von ihrem Lärm geweckt und schaute auf die Uhr. Es war bereits Zeit aufzustehen. Cathy hatte schon den Tisch gedeckt, auf dem Tisch standen frischgebrühter Kaffee und duftende Brötchen.

Cathy stand unter der Dusche, machte sich frisch und ausgehfertig, währenddessen ich frühstückte und dann zum Postkasten ging, um die Zeitung zu holen, um zu schauen, was in der letzten Nacht alles so passiert war. Wie immer roch es nach frischem Bohnerwachs, ein Geruch, den ich nicht aus der Nase bekam. Als ich in die Wohnung kam, setzte ich mich an den Tisch und schlug die

Zeitung auf. Da las ich in einem Bericht, dass zwei junge Männer ihr Leben aufs Spiel gesetzt hatten, um eine Frau aus einem Auto zu retten. Also hatte ich nicht geträumt und es war wirklich geschehen.

Aber ich fragte mich, wer die Gestalt gewesen war, die ich gesehen hatte. War sie Wirklichkeit oder eine Täuschung? Ich fragte mich das immer wieder. Dann wurde es mir schlagartig klar: Es war meine Mutter, die mir geholfen hatte! Aber wem konnte ich das erzählen? Es würde mir sowieso keiner glauben. Also behielt ich es für mich und sagte es auch nicht Tommy oder Cathy.

Cathy fragte: »Und, steht etwas davon drin, was heute Nacht passiert ist?« Ich nickte und zeigte ihr den Artikel. Cathy machte große Augen und flötete in mein Ohr: »Oh, du mein Superheld, ich bin so stolz auf dich, ich liebe dich.« Diese Worte machten mich stark und ich gab zurück: »Ich liebe dich auch!«, und gab ihr einen kräftigen Kuss auf den Mund. Da klingelte das Telefon und ich nahm den Hörer ab. Es war Tommy: »Guten Morgen, Steve, könntest du uns vom Krankenhaus abholen?« »Tommy, wir sind schon unterwegs!«, stieß ich noch schnell hervor, bevor ich meine Jacke anzog und mit Cathy zum Auto ging und zum Krankenhaus fuhr.

114

Während der Fahrt sahen wir die Verwüstung, die der Sturm angerichtet hatte. Es war grauenhaft, einige Straßenabschnitte waren teilweise noch gesperrt. Cathy traute ihren Augen nicht, sie war einfach sprachlos. Als wir am Krankenhaus ankamen, standen Tommy und Josefine schon an der Eingangstreppe.

Ihr Kopf und ihre Arme waren mit einem Verband versehen. Auf einen Blick sah man, dass sie nicht allzu schwer verletzt war. Wir hielten an und Tommy half Josefine beim Einsteigen. Wir fuhren zurück in unsere Wohnung und ruhten uns aus. Cathy machte für Josefine einen kräftigen Tee und den anderen beiden einen starken Kaffee. Josefine konnte es sich nicht erklären, wie der Unfall passieren konnte. ich erzählte meine Geschichte und Josefine hörte gespannt zu.

Es war schon spät geworden, als Tommy zu Josefine sagte: »Lass uns nun zu mir gehen, ich werde dich bei mir weiter pflegen. Cathy und Steve sind bestimmt auch schon müde und wir sollten sie nicht mehr stören.« Ich pflichtete ihm bei: »Ja, Tommy, morgen ist ja auch noch ein Tag. Erholt euch gut – und bis dann.« Cathy begleitete die beiden zur Tür und schloss hinter ihnen ab. Sie meinte: »Endlich sind wir alleine, lass uns ins Bett gehen, wir haben morgen einen langen Tag vor uns.« Ich stimmte gerne zu und ging mit ihr ins Schlafzimmer. Wenig später schlief Cathy in meinen Armen ein.

Am nächsten Morgen klingelte das Telefon und Cathy nahm den Anruf entgegen.

Es war Josefine, die sich noch einmal für den schönen Abend und die Gastfreundlichkeit bedanken wollte. Cathy antwortete darauf: »Das ist doch selbstverständlich. Und wie geht's dir, hast du gut geschlafen?« »Ja danke, sehr gut«, sagte sie gutgelaunt, »sobald ich wieder gesund bin, werde ich wieder abreisen. Ich werde mit Tommy Kontakt halten und mich dann wieder bei euch melden.« Cathy war etwas traurig, aber sie ließ es sich nicht anmerken, sondern sagte so unbefangen wie möglich: »Ich wünsch dir eine gute Heimreise und wir freuen uns, wenn wir dich wiedersehen.« Josefine legte auf und Cathy verschwand wieder im Bad. Unterdessen war auch ich aufgestanden, weil ich auch vom Klingeln des Telefons geweckt worden war.

Ich suchte Cathy und rief: »Cathy, wer war das am Telefon?« Cathy sagte: »Das war Josefine und ich soll dir sagen, dass es ihr schon besser geht und sie bald abreisen wird. Und sie hat sich noch mal bedankt.« Dann wurde es still und ich hörte nur noch das Plätschern der Dusche. Ich schnappte mir meine Jacke sowie die Zeitung und ging nach draußen. Dort lief ich in den Park und setzte mich auf die Bank.

Ich holte meine Zeitung aus der Jacke und schlug sie auf. Wie immer war nichts Besonderes darin zu lesen. Als ich auf diese Weise beschäftigt war, kam Tommy um die Ecke und begrüßte mich. Er setzte sich zu mir und erzählte mir, dass er wahrscheinlich recht schnell aus Small Town wegziehen und mit Josefine ein neues Leben anfangen wolle. Ich bestärkte ihn in seiner Absicht: »Wenn du es für richtig hältst und ihr euch gut versteht, dann wünsche ich euch beiden viel Glück und alles Gute!«

Tommy sah mir an, dass ich etwas traurig war, aber er wusste, dass ich ihn nie vergessen würde. Wir nahmen uns in die Arme und verabschiedeten uns.

Es vergingen Tage, Wochen, Monate, bis es dann soweit war. Die Geburt stand nun kurz bevor. Als ich eines Abends von der Arbeit kam, sah ich Cathy schon im Treppenflur stehen, mit der Tasche in der Hand, und ich wusste, dass es nun losging. Ich schnappte mir ihre Tasche und fuhr ins Krankenhaus. Unterwegs rief ich Tommy an und erzählte ihm, dass wir auf dem Weg ins Krankenhaus waren. Als wir dort ankamen, wurde Cathy gleich in den Kreißsaal geschoben und ich musste draußen warten. Mir kam es so vor, als ob die Zeit stehen geblieben war. Ich war so nervös, dass ich eine Zigarette nach der anderen rauchte. Es dauerte nicht lange, da kam auch Tommy um die Ecke. Er freute sich und versuchte mich zu beruhigen. »Steve, ich hol uns erstmal einen Kaffee, der wird uns guttun.« Nun standen wir im Wartebereich und hofften, dass alles gut ausging.

Ein paar endlos lange Stunden später war es dann so weit, endlich war er da, mein Sohn – aber wo war Cathy? Ich blickte rechts zu dem Bett, das leer geblieben war. In diesem Moment kam der Arzt und machte mir eine traurige Mitteilung. Ich war am Boden zerstört und wollte es nicht glauben, aber der Arzt machte mir Mut und legte mir ein Wunder in die Hände und sagte: »Herr Menser, die letzten Worte Ihrer Frau waren: ‚Liebe deinen Sohn, beschütze ihn Tag und Nacht und gib ihm das, was ich ihm nicht mehr geben kann. Ich werde immer bei ihm sein. Steve, ich werde euch nie vergessen und ich werde euch immer lieben, deine Cathy'.« Diese Worte berührten mich und machten mich stark und so nahm ich meinen Sohn und fuhr nach Hause. Als wir zu Hause waren, begann ein neuer Lebensabschnitt für mich und ich konnte es kaum glauben. Cathy hatte mir einen Sohn geschenkt und ich war überglücklich. Ich nannte ihn Steve junior und er war ein toller Junge.

Manchmal musste ich natürlich auch an Cathy denken, weil sie mir sehr fehlte. Tommy verbrachte auch viel Zeit mit Steve junior und wir waren wie eine richtige Familie. Und so verging Monat um Monat. Eines Tages, als ich von der Arbeit kam, spielte mein Junior draußen im Park. Ich stellte meine Arbeitstasche ab und ging zu ihm hinüber, setzte mich auf eine Bank und schaute ihm beim Spielen zu.

Er war mittlerweile fünf Jahre alt und ein gesunder, kräftiger Kerl geworden. Tommy und Josefine hatten geheiratet, hatten selber Kinder bekommen und waren eine glückliche Familie. Sie waren schon längst weggezogen aus Small Town City und meine Gedanken waren bei Cathy. Sie wäre auf Steve junior stolz gewesen. In diesem Moment schrie eine Frau nicht weit von mir: »Mein Kind, mein Kind!« Ich sprang auf und lief zur Straße und versuchte den Kinderwagen zu stoppen.

Ich wusste, dass das Kind in großer Gefahr war. Doch ich schaffte es rechtzeitig, das Kleine zu retten, indem ich den Kinderwagen von der Straße riss. Plötzlich wurde es dunkel um mich, dann sah ich eine Sonne auf eine Wiese scheinen, auf der wunderschöne Blumen blühten. Ich wusste, dass ich im Himmel war, ein Leben gerettet, aber mein eigenes gelassen hatte. Im Augenwinkel sah ich Steve junior, wie er weinte und sagte: »Papa, bist du jetzt bei der Mama im Himmel?« Ich nahm seine Hand und meine Augen schlossen sich für immer.

Ich, Steve junior, wuchs heran zu einem stattlichen Kerl und wohnte bei meinem Vater. Ich machte meine Schulausbildung, studierte dann Chemie und bekam einen Job in der Fabrik, in der mein Vater gearbeitet hatte. Ich lernte meine Mutter und meinen Vater als Kind nie kennen. Mittlerweile besuche ich sie jeden Sonntag auf dem Friedhof. Gerne hätte ich mehr über die beiden erfahren. Manchmal frage ich mich, ob sie ein wunderschönes Leben hatten, aber das werde ich wohl nie erfahren. Jede Nacht träume ich immer denselben Traum, der folgendermaßen beginnt …

Es begann an einem schwülen, sonnigen Septembertag in dem kleinen Örtchen Small Town City. Der Duft von frischem Morgenkaffee lag in der Luft und ich hatte mich auf meinen Urlaub vorbereitet, der an diesem Tag begann. Alles schien so friedlich an diesem Tag. Menschen, die auf der

Straße liefen, gingen ihrer Arbeit nach. Ich beobachtete aus meinem Wohnzimmerfenster eine ältere Frau, die mühsam schwere Gemüsekisten, die vor ihrem Laden standen, auf einen Lastwagen laden wollte. Einige Leute, die an ihr vorbeigingen, schauten weg und beachteten die alte Frau gar nicht. Ich stellte meine Kaffeetasse wieder zurück und zog mich an. Als ich wieder aus dem Fenster sah, war die alte Frau nicht mehr da und die Kisten standen immer noch vor ihrem Laden. Wenig später hörte ich das Heulen einer Sirene und sah, wie ein Krankenwagen kam und vor ihrem Laden hielt. Ich schnürte mir die Schuhe zu, nahm meine Jacke und lief zu ihrem Geschäft. In dieser Zeit versammelte sich eine große Menschenmenge vor ihrem Laden. Ich hatte mir es fast gedacht, dass es sich um die alte Frau handelte. Als sie die Frau aus ihrem Laden herausführten, sah sie mich mit großen Augen an, als wollte sie sagen: »Kümmern Sie sich bitte um meinen Laden.« Ihre Blicke machten mir Angst und meine innere Stimme appellierte an mich, dass ich doch ein guter Mensch sei und der alten Frau helfen solle.

Als der Krankenwagen wegfuhr, ging ich in den Laden rein, um die Schlüssel vom Lastwagen zu holen und die Gemüsekisten aufzuladen, die noch vor ihrem Laden standen. Als ich fertig war, stellte ich den Lastwagen im Innenhof ab, schloss den

Laden zu und ging über die Straße zu meiner Wohnung. Der Kaffee, den ich mir vorher eingeschüttet hatte, war längst kalt geworden. Als ich wieder aus dem Fenster sah und zum Laden blickte, hatte ich immer noch die Bilder vor meinen Augen, wie schwer sich die alte Frau getan hatte, die Gemüsekisten auf ihren Lastwagen aufzuladen. In Gedanken machte ich mir Vorwürfe. Wenn ich ihr viel eher geholfen hätte, ginge es der Frau jetzt vielleicht noch gut.

Schlusswort

Irgendwie kommt mir alles bekannt vor, als ob ich es schon einmal alles durchlebt hätte. Traum oder Wirklichkeit? Das ist die einzige Frage, die ich mir stelle und die Sie sich stellen dürften.

Ihr Steve Menser junior